Supriyanti, S.Pd., dkk

Meniti Waktu

Kumpulan Cerpen dan Puisi yang
Mengajarkan Makna Sejati

PIMEDIA

Meniti Waktu: Kumpulan Cerpen dan Puisi yang Mengajarkan Makna Sejati
Supriyanti, S.Pd., dkk

Penyunting: Supriyanti, S.Pd.
Desain Sampul & Tata Letak: Tim Pimedia

Diterbitkan oleh PIMEDIA Bandung
Cetakan pertama 2023
109 hal. (viii+101)

Meniti Waktu

Kumpulan Cerpen dan Puisi yang Mengajarkan Makna Sejati

Supriyanti, S.Pd., Tiara Senja, Alan Reis, Abd. Gawi Lilisula, Siti Ludiyah Lessy, Aliyatul Rochma, S.Pd.I., Ekha Sulthony, Elly Misnawati, S.E., Nova Vera Susanti, Ina Astuna Sari, S.Pd.I., Fatih Nurul Hayati, Marni Fillah, Imey Meisya, Yasmin Imaji, Mustawa, Sulasmi, S.Pd.I., Septiningsih, Liviana Putri Tanjung, Siti Nuraisyah, Slamet Widodo, Serena L, Nun Lilisula

PRAKATA PENULIS

Bismillahirrahmanirrahim,

Segala puji dan syukur kami panjatkan kepada Tuhan Yang Maha Esa karena berkat rahmat dan hidayah-Nya, dan dengan hati yang penuh syukur dan harap, kami ingin mempersembahkan kumpulan cerpen dan puisi berjudul **"Meniti Waktu: Kumpulan Cerpen dan Puisi yang Mengajarkan Makna Sejati".** Melalui setiap kata yang terpilih dengan hati, buku ini menjadi bagian dari perjalanan kami untuk merangkai pengalaman, mimpi, dan makna di dalamnya.

"Meniti Waktu: Kumpulan Cerpen dan Puisi yang Mengajarkan Makna Sejati" adalah buah dari refleksi diri dan cinta pada kata-kata. Dalam lembaran-lembaran ini, kita akan menemukan cerita-cerita pendek yang mencerminkan kehidupan sehari-hari, serta puisi-puisi yang menyentuh dan mendalam. Harapannya, setiap tulisan dapat mengajarkan makna sejati di setiap detik kehidupan.

Buku ini hadir sebagai teman yang setia, mengajak kita berjalan melintasi waktu dengan bijak. Melalui setiap halaman, mari kita bersama-sama mengeksplorasi keindahan dalam setiap perubahan dan kenangan. Semoga buku **"Meniti Waktu: Kumpulan Cerpen dan Puisi yang Mengajarkan Makna Sejati"** dapat menginspirasi, merenungkan, dan membimbing kita untuk menemukan kebijaksanaan di setiap langkah.

Tiada gading yang tak retak. Kami menyadari buku ini masih jauh dari kata sempurna. Kritik dan saran, dengan senang hati kami terima. Selamat menikmati perjalanan melalui kumpulan cerpen dan puisi **“Meniti Waktu: Kumpulan Cerpen dan Puisi yang**

Mengajarkan Makna Sejati". Terima kasih untuk setiap pembaca, semoga Allah Swt. selalu memberkahi kita. Aamiin.

Salam literasi

Palembang, November 2023

Penulis

DAFTAR ISI

"Meniti waktu adalah perjalanan yang tak terulang dan penuh potensi. Saat kita menghargai setiap momen, kita merancang masa depan yang lebih baik. Meniti waktu bukan sekadar melihat jarum jam bergerak, tetapi juga merajut kisah hidup dengan tekad dan semangat. Jangan biarkan waktu berlalu begitu saja. Yakinkan diri untuk menjalani setiap hari dengan maksimal, meraih impian, dan mengukir kenangan yang berharga. Sebab, di setiap detik, kita memiliki kekuatan untuk menciptakan arti yang mendalam di perjalanan hidup kita."

PERJUANGAN PALESTINA

Supriyanti, S.Pd.

Di bawah langit biru yang penuh duka
Palestina berjuang, tanahnya meronta
Tanah merah jambu menjadi saksi bisu
Menyaksikan derita dan keberanian yang terukir dalam sejarahnya

Di antara reruntuhan dan debu
Wajah-wajah tegar berkisah tentang cinta tanah air
Mimpi-mimpi merdeka mengalir dalam darah
Palestina, panggilan hati yang tak pernah pudar

Jeritan azan terdengar meski luka dan air mata mengalir deras
Sebuah panggilan untuk berdiri dan bersatu
Mereka berdiri dengan kekuatan yang abadi
Meski ditelan oleh bayang penindasan, Palestina tetap membara, keadilanlah yang dicita

Di bumi penuh sejarah dan tangisan
Palestina, rindu dan harap menyatu dalam satu nyanyian
Dalam hati rakyatmu, keabadian terpatri
Walau luka dan kepedihan mengalir seperti sungai

Palestina, engkau bukan sekadar tanah kesucian
Namun kisah epik perjuangan yang abadi
Kami bersatu, mengukir sejarah cinta
Hingga kemerdekaan bersinar bagai fajar yang tak terlupa

Palembang, 10 November 2023

PALESTINAKU

Supriyanti, S.Pd.

Dalam cengkeraman sunyi, Palestina menangis
Tanah merah terusir, diambil oleh bayang-bayang gelap
Namun, di mata anak-anak yang tegar
Terukir cita-cita merdeka, cahaya tak terpadam

Rintihan angin membawa cerita
Perjuangan tersemat di setiap butiran debu
Gugurnya bunga melodi di padang pasir
Mengalirkan semangat, membangkitkan mimpi

Dinding-dinding bersaksi bisu tentang tragedi
Namun di antara reruntuhan, ada kekokohan hati
Palestina, kau bukanlah sebatas nama
Kau adalah kisah heroik, nyanyian yang tak mati

Meski peluh menetes di garis wajah
Mereka berdiri, menghadapi badai dengan gagah
Hijab keberanian melambai di udara
Palestina, kau adalah inspirasi yang abadi

Dalam doa-doa yang terbang tinggi
Harapanku bersamamu, Palestina tercinta
Biarkan kedamaian tumbuh di bumimu
Hingga matahari merangkul merdeka yang dicita

Palembang, 10 November 2023

Supriyanti, S.Pd. adalah seorang ibu dari dua putra dan satu putri. Ia mengejar ilmu di Fakultas Keguruan dan Ilmu Pendidikan, Jurusan Pendidikan Bahasa dan Seni, Program Studi Pendidikan Bahasa dan Sastra Indonesia dan Daerah, Universitas Sriwijaya (Unsri) Inderalaya, Sumatra Selatan pada tahun 2005-2009.

Beberapa buku yang telah ia terbitkan, seperti "Cahaya Pagi Pelengkap Kisahku", "Aksara Hati Mazaya", "Cinta Sang Dokter Tampan", "Pijar-Pijar Kehidupan", dan "Bismillah Ada Allah", serta puluhan buku antologi bersama, mencerminkan dedikasinya dalam berbagi pengalaman, semangat, dan nilai-nilai positif melalui kata-kata.

Melalui karya tulisnya, ia dapat menyampaikan kebaikan, semangat, dan berkomunikasi seolah tanpa harus bertatap muka. Ia menciptakan ruang di mana ia dapat berbagi inspirasi dan memperkuat koneksi dengan pembaca.

"Teruslah menulis dengan semangat dan keyakinan bahwa setiap kata memiliki nilai dan dampak yang tak ternilai. Kebaikan yang kita bagikan melalui tulisan akan terus bersinar dan memberikan inspirasi bagi banyak orang."

Jika para sahabat ingin berinteraksi dengannya, ia dapat dihubungi melalui akun Facebook dengan nama Supriyanti Umar, Instagram: @supriyantiumar, atau melalui nomor HP aktif 0822-7737-8965.

PALUNG CINTA UNTUKMU, UKHTY

Tiara Senja

Suasana ruang ujian masih sepi, hanya beberapa orang yang telah memasuki ruangan tersebut, termasuk Nadhira yang duduk di barisan nomor 3. Sebelah kanan dan kirinya masih kosong belum ada yang menempati. Nadhira mengeluarkan sebuah buku kumpulan soal Seleksi Masuk Perguruan Tinggi Negeri untuk dibacanya lagi, sembari menunggu kedatangan calon mahasiswa dan mahasiswi PTN.

Nadhira tampak sangat fokus pada buku yang sedang dibaca ketika tiba-tiba suara bariton membuyarkan konsentrasinya.

"Sial, mengapa kursiku berdekatan dengan orang ini?"

Nadhira mendongak dan melirik ke samping kirinya, melihat seorang pria yang menatapnya dengan tajam. Nadhira sedikit merasa risi karena pandangan tajam yang dilemparkan oleh pemuda yang belum dikenalnya itu.

"Jika Anda merasa tidak nyaman, Anda bisa meminta pindah kepada panitia," ujar Nadhira tanpa mengalihkan pandangannya dari buku.

"Tentu saja, bahkan tanpa Anda mengatakannya, saya akan melakukannya!"

Pemuda itu kemudian mendekati seorang panitia yang merupakan mahasiswa di kampus tersebut dan tergabung dalam BEM.

Nadhira hanya menarik napas pelan dan mengabaikan percakapan pemuda dengan panitia. Dia kembali melanjutkan membaca, hingga tiba-tiba seseorang memanggilnya.

"Assalamu'alaikum?"

"Wa'alaikumsalam."

Nadhira mendongak ke arah sumber suara sambil menjawab salam. Dia melihat seorang gadis berjilbab pasmina duduk di kursi sebelah kanannya, yang sedang mengulurkan tangan ke arahnya.

"Namaku Mita. Boleh kenalan, kan?"

Nadhira tersenyum dari balik cadarnya dan menganggukk.

"Tentu, boleh. Aku Nadhira," ucap Nadhira sambil menyambut tangan Mita.

"Wah, nama yang bagus, Ukhti."

"Alhamdulillah."

Nadhira tersenyum, dan dari cara Mita berbicara, sepertinya teman barunya ini sudah terbiasa bertemu dengan orang-orang yang berpenampilan seperti dirinya.

"Pemuda tadi benar-benar menyebalkan hari ini, sial!"

Tiba-tiba, pemuda yang sebelumnya sempat berdebat dengan Nadhira muncul lagi dengan ekspresi kesal, duduk di sebelah kiri Nadhira. Sebelum duduk, dia sempat menggeser kursinya agar tidak terlalu dekat dengan Nadhira. Namun, Nadhira hanya menoleh sebentar dan tampak tidak terpengaruh oleh keluhan pemuda tersebut.

"Eh, dia kenapa?" tanya Mita sambil mencondongkan tubuhnya mendekat pada Nadhira.

"Entahlah, sepertinya dia merasa tidak nyaman duduk di samping seseorang sepertiku."

"Hissstt, sombong banget."

"Biarkan saja, dia tidak menggangguku, hanya komentarnya saja. Kami sudah terbiasa dengan hal seperti ini."

"Gadis-gadis sepertimu memang memiliki kesabaran luar biasa."

"Aamiin."

Obrolan terhenti saat salah satu panitia menepuk tangannya untuk meminta perhatian. Ruangan hampir penuh dengan calon mahasiswa dan mahasiswi yang akan mengikuti tes masuk Perguruan Tinggi Negeri. Setelah penjelasan mengenai tata tertib, salah satu panitia mulai membagikan soal ujian, dan beberapa menit kemudian, suasana menjadi sangat hening karena semua peserta ujian fokus mengerjakan soal.

Setelah ujian pertama selesai, Nadhira keluar dari ruangan ujian dan mencari bangku di koridor salah satu ruang kuliah di Fakultas Kehutanan Universitas Manggala. Dia duduk sambil memeriksa buku soal, ketika tiba-tiba ada yang memanggilnya.

"Nadhira!"

Nadhira menoleh, senyumnya muncul dari balik cadarnya, dan mata indahnya menyipit ketika melihat Mita. Mita duduk di samping Nadhira, dan keduanya mulai mengobrol tentang masa SMA. Dari situlah, mereka semakin dekat dan akhirnya menjadi sahabat.

Setelah pengumuman hasil ujian, Nadhira dan Mita bersyukur karena mereka diterima di fakultas yang sama, yaitu Fakultas Ekonomi dengan Jurusan Akuntansi. Namun, Nadhira sangat terkejut saat mengetahui bahwa Niko, seorang pemuda yang selalu tampak tidak menyukainya, juga diterima di fakultas yang sama dan bahkan satu jurusan dengannya.

Awalnya, Nadhira merasa terbebani dengan sikap kasar Niko, teman sekelasnya, yang ternyata bernama Niko. Namun, pada akhirnya, dia berusaha untuk tidak peduli dengan ejekan atau sikap sinis Niko. Nadhira tidak tahu mengapa Niko tampak sangat membencinya.

Nadhira hanya merasa bahwa Niko tampaknya menyimpan dendam padanya, seperti yang terlihat dari sindiran-sindiran yang dia alamatkan padanya. Niko bahkan pernah mengatakan hal-hal kurang menyenangkan, seperti "teroris," "ninja," "kedondong," atau mengomentari penampilannya. Niko sama sekali tidak merasa bersalah, menurutnya jika wajah Nadhira cantik, mengapa harus ditutupi?

Nadhira berusaha tidak terlalu memikirkan situasi itu. Dia tetap menjalani hari-hari kuliahnya dengan bahagia. Terlebih lagi, sekarang ada Mita, sahabat barunya di kampus, yang sering membela Nadhira saat Niko mengejeknya. Mita sendiri merasa sangat kesal dengan tingkah laku Niko, tetapi Nadhira selalu meminta agar tidak membalas ejekan itu. Namun, suatu peristiwa akhirnya mengubah pandangan Niko terhadap Nadhira dan membuatnya menjadi sosok yang berbeda.

Suatu hari, saat Nadhira sangat terburu-buru karena menahan keinginan sejak di dalam angkot, dia tiba di kampus dan langsung berlari ke toilet tanpa memperhatikan tanda di pintu. Nadhira mencari toilet yang kosong dan memasuki salah satu toilet yang terlihat kosong. Dia tidak membutuhkan banyak waktu di dalam toilet.

Ketika Nadhira keluar dan hendak merapikan jilbab dan mencuci wajahnya di cermin dekat pintu utama toilet, dia tanpa sadar membuka cadar tali yang menggantung di wajahnya. Seseorang yang keluar dari toilet dengan wajah kaget tiba-tiba memperhatikan Nadhira dengan tatapan terpaku. Orang itu terpesona oleh kecantikan Nadhira, kulit putih, bibir berwarna pink alami, dan mata yang indah.

"Can-tik," gumam orang itu dengan nada yang mengungkapkan kekaguman. Nadhira langsung menjerit kaget dan menutup wajahnya, baru menyadari bahwa orang yang mengucapkan kata itu adalah Niko.

"Kenapa kamu di sini?!" kata Nadhira dengan panik.

Niko menjawab, "Aku tadi dari toilet. Kamu yang ngapain di sini? Ini toilet cowok."

Nadhira membulatkan matanya dan segera menyadari kesalahan besar yang sudah terjadi. Tanpa banyak bicara, Nadhira langsung berlari keluar. Di luar, dia merasa sangat malu dan bersedih. Air mata pun mulai menetes dari matanya.

Niko juga keluar, memperhatikan Nadhira yang berlari menuju ruang kuliah. Dia tersenyum dengan senyum yang misterius dan diam-diam mengamati Nadhira yang semakin menjauh.

Sejak kejadian itu, Niko mulai mengubah sikapnya terhadap Nadhira. Dia mulai memperhatikan gadis yang selalu tertutup itu dan menjadi semangatnya selama kuliah. Niko yang sebelumnya kurang peduli dengan pelajaran karena keyakinannya bahwa suatu hari perusahaan ayahnya akan menjadi miliknya sebagai anak tunggal, tiba-tiba merasa berubah. Setelah melihat wajah Nadhira, semua prioritas itu hilang.

Lambat laun, Niko jatuh cinta pada Nadhira, yang ternyata sangat baik, anggun, santun, dan cantik. Meskipun demikian, Nadhira tetap teguh pada prinsipnya untuk tidak menjalin hubungan asmara sebelum dihalalkan menurut agama.

Niko awalnya merasa tersinggung dan bingung. Dia sebelumnya kurang memahami keyakinan Nadhira. Walaupun Niko adalah seorang muslim, dia tidak begitu peduli dengan ajaran agamanya. Namun, setelah mendapatkan nasihat dari seorang ustaz, dia mulai memahami makna di balik tindakan Nadhira. Dia mulai mendekatkan diri pada ajaran agama dan menyadari bahwa wanita-wanita yang menutup aurat dengan penuh kesadaran dan totalitas melakukannya sebagai bentuk ketaatan kepada Tuhan.

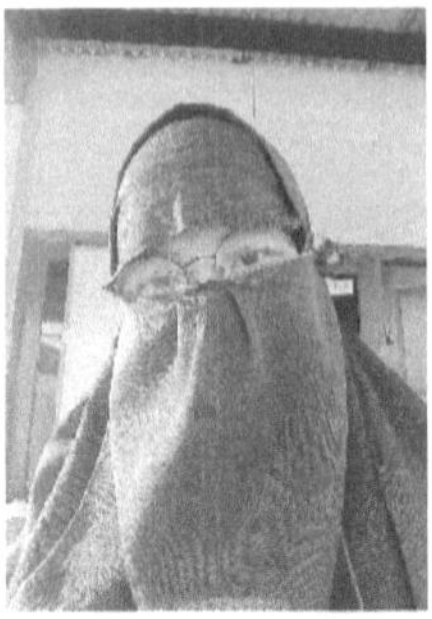

Penulis dengan napen *Tiara Senja/Lazuardi Senja* ini lahir di Jogjakarta.

Sebelumnya, dia telah berpengalaman sebagai penulis lepas untuk majalah Usroti, situs web Islami muslimah.or.id, dan telah berkontribusi dalam beberapa buku antologi yang meliputi cerpen, puisi, dan kutipan-kutipan inspirasional.

Dia juga telah menulis novel Islami berjudul "Rembulan Menangis" dan "Selepas Khulu'". Saat ini, Lazuardi Senja aktif sebagai penulis novel romance dan religi yang diterbitkan di berbagai platform online seperti PF online, Dreame, Goodwill, KBM App, Bakisah, GoodDreamer, Fizzo, Fameink, dan WP. Selain itu, dia juga berkontribusi sebagai penulis di situs web Opinia, Web Busur Pena Publisher, serta mengajar di berbagai kelas menulis online.

Anda bisa mengikuti karyanya di akun Facebook-nya, Lazuardi Senja, atau di Instagram @tiarasenja2022.

DALAM RAHASIA ILAHI

Alan Reis

Wahai darwis, jangan beritahu kami
Jalan menuju Ilahi yang penuh rahasia
Biarkan kami menemukan maknanya sendiri
Untuk merasakan kudapan cinta-Nya
Duhai salik, jangan tunjukkan kepada kami
Jalan kepada manusia yang paling mulia
Kami akan mengikutinya seperti pedangnya Ali
Sang Dzulfiqar dengan sisi runcing itu yang terbelah dua
Hai ahli tajdid, tak perlu bersuara kepada kami
Tentang jalan yang penuh onak dan duri
Biarkan kami singkirkan dari dalam hati
Agar kami tak kesusahan tatkala sendiri
Duhai sang fakir, tak perlu kau petikkan kopuz
Tentang teman yang sedang mencari jalan
Biarkanlah ia mencari jati diri dalam sepi
Sebab ada kami yang akan membakar bara api
Ya ahli suluk, cukup beritahu kulit rahasianya
Biarkanlah kami yang mencari akar dalam maknanya
Agar kami tak merasakan resah tatkala mencari-Nya
Yang penuh dengan kasih sayang dalam singgasana-Nya
Wahai jiwa, biarkanlah darwis berdoa dalam diam
Agar kalimatnya bisa menuntun dalam samar
Cukup kami membawanya yang terucap dari kalam
Yang mengiringi kami bagaikan sebuah damar

Sindangkerta, 12 September 2023

Puisi ini terinspirasi dari lagu Turki yang berjudul Zahid Bizi Tan Eyleme

SERPIHAN HIKAYAT

Alan Reis

Pada setapak jejak langkah
Ada kesunyian yang asing
Penuh bimbang lalu menuju tempat pelarian
Ruang kehidupan menjadi gelap gulita
Di sudut ambisi menidakkan guratan takdir
Terjenak oleh hasrat yang mengurung kewarasan
Melupakan rambu-rambu kehidupan
Pun semesta rasa hampir ikut menjadi gelap
Perihal sukma yang sudah kadung mabuk
Mimik air wajah tertampar oleh nasib
Jalan pelarian justru membawa diri kembali
Menuju perigi makna napas yang terembus
Ternyata raga tak mampu lari dari takdir
Sejauh mana tungkai mengelak darinya
Tetap saja ia mendatangi si empunya
Menuntun pada titian jalan yang benar

Sindangkerta, 7 Oktober 2023

Alan Reis merupakan nama pena dari pemilik asli Alan Giovanni yang lahir di Bandung 28 Juni 1986. Ia telah menempuh pendidikan di SDN Sirnagalih Ngamprah, MTS di Ma'had Baitul Arqom Al-Islami dan MAK di Ponpes Al-Basyariyah. Saat ini Alan Giovanni aktif berwirausaha, dan mengikuti kegiatan kajian di majelis keagamaan. Di waktu luangnya, dia senang membaca dan memiliki minat khusus dalam menonton "Serial Sejarah Islam" serta berdiskusi dengan teman-temannya. Alan Reis sedang giat belajar di bidang literasi untuk terus memperluas pengetahuan dan pengalamannya.

Anda dapat menghubungi Alan Giovanni melalui akun Facebook "Alan Giovanni" atau akun Instagram "alan_giovani86." Jika ingin menghubunginya melalui Whatsapp, nomor yang bisa dihubungi adalah 081546881681, dan Anda juga bisa menemukan karyanya di Threads dengan nama pengguna "Alan_Reis.

PAPAKU PAHLAWANKU

Abd. Gawi Lilisula

Di suatu desa terpencil di ujung timur Indonesia, yaitu di Desa Mamala, tempat di mana saya dibesarkan, banyak pelajaran berharga yang saya ambil dari sosok laki-laki hebat dan pahlawan keluarga yang biasa kami, anak-anaknya, sebut "Papa," sementara di masyarakat ia dikenal dengan sebutan Ali Lilisula (Ali Indah).

Beliau adalah pribadi yang luar biasa dengan kesabaran dan keikhlasan yang tak terkalahkan, serta selalu berada di garda terdepan untuk keluarga dan masyarakat setempat. Budi pekertinya sungguh bijaksana.

Beliau sosok yang pendiam dan berkarisma. Namun dalam keheningannya, selalu terdapat keinginan kuat untuk mengubah kehidupan keluarganya yang sederhana. Tidak banyak yang tahu bahwa beliau adalah seorang pejuang tangguh. Pada tahun 1984, beliau bergabung dengan klub Persikabo dan menjadi salah satu pemain terbaik sepak bola di Indonesia, dijuluki "Pele" Indonesia pada masanya.

Alih-alih menjadi pemain terbaik pada zamannya, saya pun memiliki pertanyaan yang mengganjal di benak saya, dan akhirnya saya bertanya, "Pa, mengapa Papa dipanggil dengan sebutan 'Indah'?" Dengan senyum, Papa menjawab, "Karena Papa adalah pemain terbaik pada masanya, hahaha."

Dengan predikat sebagai pemain terbaik pada masa itu, beliau diberikan kesempatan untuk bekerja di salah satu perusahaan swasta yang bergerak di bidang perkapalan, yaitu PT NUSANTARA FISHER. Di sinilah kehidupan keluarganya mengalami sedikit perubahan, dan anak-anaknya menjadi panutan satu sama lain. Beliau selalu memberikan pesan berharga, yakni untuk tetap menjadi orang baik, meskipun mungkin ada yang tidak menyukai kita.

Bertahun-tahun beliau mengarungi samudra, menghadapi hujan, ombak, dan badai tanpa kehilangan semangat. Bagi beliau, misi utama adalah memastikan bahwa kehidupan anak-anaknya esok harus lebih baik dari kehidupan beliau. Terkadang, keluarganya merasa cemas ketika cuaca buruk, tetapi doa menjadi senjata ampuh yang selalu dipersembahkan untuknya.

Sungguh, beliau adalah pahlawan sejati yang tercermin dalam kesungguhannya. Selain beliau, ada juga sosok wanita luar biasa yang senantiasa mendukung dan mendoakannya setiap detik. Dari sini, kami dapat mengambil pelajaran bahwa kesuksesan seorang pria sering kali terwujud melalui doa seorang perempuan yang luar biasa. Keluarganya memberikan banyak dedikasi yang patut kita pelajari, seperti kasih sayang, dukungan, dan kehadiran yang selalu terasa saat salah satu di antara mereka menghadapi tantangan.

Hal yang selalu kami dapatkan dari beliau adalah semangatnya yang tak pernah padam, meskipun kulitnya mulai keriput akibat usia. Semangat dan tanggung jawab beliau tetap luar biasa di mata kami, anak-anaknya. Beliau adalah sosok yang tak pernah menyerah, selalu menjadi guru kehidupan bagi kami.

Terima kasih, Ayah, atas ilmu kehidupan yang telah engkau berikan kepada kami. Bagi para pahlawan keluarga di mana pun berada, semoga kerja keras dan keringat yang kalian tuangkan dapat mendapatkan balasan yang layak di sisi Allah Swt. Aamiin ya Rabb.

Abd. Gawi Lilisula, anak kedua dari tujuh bersaudara, lahir dan dibesarkan dalam keluarga yang penuh dorongan dan semangat untuk mengejar hasrat menulisnya, sejak usia tujuh belas tahun. Karya-karyanya telah menghiasi dunia tulis-menulis, termasuk dalam antologi puisi yang inspiratif seperti "Ceritaku Tentang Kehidupan Ini," "Untaian Titik Kehidupan," dan "Antologi Quote: Menggenggam Rasa dalam Pena."

Sebagai seseorang yang berasal dari Desa Mamala, Kecamatan Leihitu, Kabupaten Maluku Tengah, Abd. Gawi Lilisula memiliki semangat yang luar biasa untuk berbagi melalui kata-kata. Anda dapat menghubunginya melalui akun Facebook: Lilisula Hatuala dan azli, atau melalui nomor HP 081283688906.

FIGURA DAN KENANGAN

Siti Ludiyah Lessy

Hujan di luar begitu deras. Beberapa hari terakhir, sulit sekali menemui matahari. Meski sudah bulan Juli, musim panas sepertinya baru akan tiba di bulan Agustus. Sarah berdiri di dekat jendela kamarnya, melihat hujan yang tak kunjung berhenti. Beberapa hari ini, banjir, pohon tumbang, dan longsor terus menjadi berita yang tersebar di media sosial. Kondisi ini membuat Sarah malas untuk pergi ke mana-mana.

Dengan perasaan bosan, Sarah beranjak dari tempat berdirinya, menelusuri seluruh bagian kamar, dan tatapannya berhenti pada sebuah figur yang sudah lama terpajang di atas lemari bukunya. Sarah melangkah mendekati lemari dan mengambil figura yang telah tertutup debu.

Dengan tangannya, ia membersihkan figura tersebut, dan terlihat jelas tiga gadis remaja saling merangkul dengan senyum bahagia, namun mata ketiganya terlihat sembab. Ketiganya mengenakan seragam putih abu-abu dalam foto itu. Dengan wajah sendu, Sarah menatap penuh rindu pada kedua gadis di sisi kiri dan kanan dalam foto tersebut.

"Bagaimana kabar kalian? Aku merindukanmu. Dulu kita tak pernah membayangkan akan berada di tempat yang berbeda, terpisah, dan sibuk dengan urusan masing-masing," ucap Sarah sambil mengusap wajah salah satu gadis dalam figura itu, membiarkan kenangan masa lalu melintas di benaknya.

"Hai, kenalin, aku Riri. Nama kamu siapa?" Gadis mungil berambut sebahu dengan kelopak mata besar mengulurkan tangannya untuk berkenalan dengan gadis bermata cipit di depannya.

Napas keduanya terengah-engah karena baru saja berlari keliling lapangan hanya untuk mengejar belalang. Keduanya sangat menyukai belalang, sehingga tanpa saling mengenal, mereka bekerja sama menangkap belalang yang mereka kejar.

"Hai juga, aku Sarah. Kamu suka belalang?"

"Ya, aku suka. Sepertinya kamu juga suka, hehe."

"Iya. Kamu siswa baru juga?"

Sebuah anggukan dengan senyum lebar terlihat di wajah Riri.

"Kamu di kelas berapa?" tanya Riri masih dengan senyum lebarnya.

"Aku di kelas 1.2."

"Wah, asyik dong. Aku juga di kelas 1.2. Yuk, ke kelas bareng."

Dengan senyum merekah, keduanya berjalan bersama menuju kelas, dan begitulah pertemuan pertama kedua gadis itu.

Senyum terukir di wajah Sarah, mengingat pertama kali berkenalan dengan Riri di bangku SMP. Waktu itu mereka begitu bocah, berlari-lari bersama mengejar belalang tanpa saling mengenal. Tatapan Sarah kini tertuju pada gadis di sisi kanan dalam foto itu, bernama Nisya. Nisya adalah sahabat kecil Riri yang kemudian juga menjadi sahabat Sarah saat mereka dipertemukan di bangku SMA.

Di masa putih abu-abu itu, berbagai kenangan tertinggal di dalamnya: kenangan indah, pahit, manis, lucu, dan setiap tawa serta tangis yang menyertai perpisahan menjadi rasa sesak di hati mereka. Sarah teringat akan hari-hari di sekolah dan kelas, seperti ketika Riri malu-malu ketika disuruh berbicara di depan kelas, Nisya membuat gerakan absurd untuk mengatasi gugup berbicara di depan banyak orang, dan Sarah yang pendiam namun memukau saat diminta berbicara. Begitulah mereka, dengan perbedaan masing-masing.

Masa-masa itu terasa begitu menyenangkan. Meskipun ketiganya berangkat sekolah sendiri-sendiri, saat pulang mereka memilih berjalan kaki bersama. Riri dan Nisya selalu memaksa Sarah untuk bernyanyi menghibur mereka sepanjang perjalanan pulang, tanpa mempedulikan apakah Sarah akan ngos-ngosan atau mungkin sedang memiliki masalah pada tenggorokannya. Mereka menyiksa Sarah dengan penuh keceriaan karena begitu menyukai suara lembut nan indah sahabat mereka.

Sarah mengingat momen ketiganya menangis ketika Riri menceritakan kesulitan keluarganya dan Nisya menceritakan perlakuan tidak adil dari ibu sambungnya. Namun, dengan cepat, tawa kembali menyelinap saat melihat wajah lucu Riri saat itu. Foto yang sedang dilihatnya memperlihatkan keadaan saat mereka selesai menangis dan kemudian tertawa. Riri meminta tolong pada orang di sekitar untuk memotret ketiganya.

Kenangan-kenangan itu melintas di ingatan Sarah, meninggalkan rasa rindu yang semakin melekat di hati. Sarah mengingat cara ketiganya belajar matematika bersama, di mana Riri dan Nisya takut menunjukkan hasil kerja latihan soal pada Sarah karena khawatir jawaban mereka salah.

Sarah juga mengenang saat seseorang menyakiti hatinya, dan Nisya datang menghampirinya, mengusap air mata yang jatuh di pipi Sarah, sementara air mata juga mengalir di pipi Nisya saat itu. Persahabatan yang indah, itulah yang dipikirkan oleh Sarah. Dengan rasa rindu yang bergelora di hati, Sarah meletakkan figura itu kembali pada tempatnya.

Selanjutnya, dia mengambil gitarnya, membuka aplikasi video di HP, menekan tombol on untuk mengambil gambar, dan dengan gitar itu, Sarah menyanyikan lagu yang diciptakannya sendiri untuk kedua sahabatnya. Lagu itu menjadi ungkapan rasa rindunya terhadap masa remaja, kebersamaan, dan sahabat-sahabatnya.

Setelah membuat video berisi nyanyian, Sarah mengirimkannya kepada dua kontak di HP-nya dengan nama RyKu dan NisyaKu. Tak butuh waktu lama, HP Sarah berdering, pertanda sebuah panggilan konferensi atau telepon gabungan masuk.

Setelah menjawabnya, di seberang sana, suara isak tangis dari Riri dan Nisya berhasil membawa Sarah pada tangisan yang sama. Ketiganya menangis karena rindu, karena jarak yang memisahkan, dan karena tak tahu kapan bisa bersama lagi. Namun, di akhir, mereka akan tertawa lagi karena komentar lucu dari Riri.

"Iiiiiih, Saraah, lagunya bikin rindu. Nesya jadi pengen ketemu," demikian komentar pertama dari Nisya.

"Saraa, Ry juga rindu. Nisya, Ry rindu banget. Kalian apa kabar? Udah jarak berjauhan, berkabar juga jarang banget. Hiks kesel jadinya. Kalian tau, Ry kadang mikir apa kalian udah menemukan yang lebih baik dari pada Ry? Apa teman-teman kalian di sana menyenangkan? Apa kalian juga rindu seperti Ry rindu sama kalian? Tau nggak, dulu di awal pisah, rasanya aneh banget. Waktu-waktunya Ry paling banyak dihabiskan bareng kalian. Tapi karena jauh, Ry harus mulai terbiasa, dan sekarang udah terbiasa. Kalian pasti juga udah terbiasa, kan? Apa jarak yang jauh, kabar yang jarang akan membuat kalian lupa dan mulai tidak kenal Ry lagi? Itu bikin Ry takut banget, hiiiiks," ucap Riri sambil terus mengoceh dengan tangisan, membuat kedua sahabat di seberang telepon semakin menangis karena merasakan hal yang sama.

"Tapi udah yaaa. Kalian nggak usah nangis lagi. Ry juga mau berhenti nangis. Nih, produksi ingusnya Ry makin bertambah. Nggak enak banget ngomong dengan hidung mampet. Hehehe ..." Komentar Riri pada akhirnya kembali membuat ketiganya tertawa.

"Hahaha. Kamu itu. Lagian emang Ry pikir kita amnesia? Kalau lupa dan nggak kenal sama Ry berarti amnesia dong. Nih yaaa, aku ngeliat Ry dari jarak 200 meter aja masih bisa kenal. Kalau nggak kenal berarti aku pasti rabun jauh. Hahaha ..."

Tawa dan obrolan kecil mengalir begitu saja sebagai pengobat rindu yang mereka rasakan. Nisya, yang saat ini menetap di Sumatra setelah sang ayah meninggal, Ry yang kini menetap di Papua setelah masalah di keluarganya tak berujung baik, dan Sarah yang tetap di kota mereka menghabiskan kenangan bersama semasa sekolah di Ambon, Maluku.

Mereka telah terpisah oleh jarak, berbeda kota, provinsi, bahkan pulau. Saat ini hidup mereka tidak berada di jalur yang sama, pada keadaan yang berbeda, dan satu kepastian bahwa mereka telah ada di masa yang berbeda. Saat ini, mungkin saja telah ada teman-teman baru yang juga sama menyenangkannya dengan teman-teman lama di masa SMA. Mungkin saja mereka sama-sama saling merindu, tetapi juga sengaja membuat sulit untuk pertemuan kembali. Setidaknya, mereka sama-sama tahu bahwa masa ini bukan lagi masa putih abu-abu.

"Masa putih abu-abu itu sudah tinggal kenangan."

Siti Ludiyah Lessy, 29 tahun, menghabiskan masa remaja dan pendidikan SMA di Sekolah Muhammadiyah.

Ia menyelesaikan pendidikan S1 Keperawatan dan Profesi Ners pada tahun 2017, serta meraih gelar M.Kes pada tahun 2020. Dengan tipe yang pendiam dan tidak banyak berbicara, menulis menjadi kegiatan yang memungkinkannya untuk mengekspresikan diri melalui berbagai sudut pandang.

PESAN DAMAI

Aliyatul Rochma, S.Pd.I.

Awan putih begitu indah
Baju putih terlihat bersih
Bendera putih lambang kedamaian
Warna putih, kemilau agung
Tangis korban berderai darah
Kaum wanita dan anak kecil terluka
Seorang ayah bingung mencari keluarga
Semua sengsara lahir batin
Kapan ini akan berakhir?
Korban merasa terpuruk hina
Awan gelap terus berdatangan
Dentuman suara ledakan meronta
Mari perbaiki iman diri
Mendekat kepada Sang Pemilik Hati
Memohon pertolongan terbaik
Sepenuh pengabdian jiwa raga
Kedamaian akan didapat
Kebahagiaan untuk semua
Keharmonisan sesama
Ketenangan yang menyejukkan

Pasuruan, 14 Oktober 2023

KESOMBONGAN DIRI

Aliyatul Rochma, S.Pd.I.

Matahari dengan panas yang dahsyat
Hujan dengan sejuk menyapa
Pelangi dengan keindahan karismatik
Bulan dengan cahaya penerang bumi
Laut dengan kedalaman tak terkira
Petir dengan gaungan suara keras
Gunung dengan ketinggian yang menjulang
Awan biru dengan kecerahannya
Sebagai makhluk lain
Apa yang perlu disombongkan?
Harta, takhta, wanita
Segalanya akan musnah
Hilang dalam sekejap mata
Keindahan panggung dunia
Metamorfosa kehidupan fana
Kebahagiaan yang semu
Gemerlap kesenangan sesaat
Resapi makna kehidupan ini
Ambil hikmah setiap kejadian
Ada ilmu yang tak perlu dibayar
Pelajaran hidup dari Sang Pemilik Semesta

Pasuruan, 14 Oktober 2023

Aliyatul Rochma, seorang Ibu dari tiga anak, menjalani perannya sebagai ibu dengan penuh kasih sayang, sambil tetap memupuk bakat menulis yang dimilikinya.

Baginya, menulis adalah wadah dakwah yang penuh makna. Lahir pada 17 Mei 1986, Aliyatul telah berpartisipasi dalam berbagai event menulis, termasuk dalam antologi puisi, cerpen, dan quotes.

Kini, dia semakin tertarik untuk mengekspresikan ide-ide lebih dalam bentuk novel, baik novelet maupun novel solo, serta terus berusaha meningkatkan pengetahuannya melalui kelas menulis online.

Untuk terhubung lebih lanjut dengan penulis berbakat ini, Anda dapat menambahkannya di media sosial dengan akun: YT/FB/IG/Tiktok: Aliyatul Rochma.

PELUK AKU IBU

Ekha Sulthony

Ibu ...

Banyak orang mengatakan bahwa "ibu" adalah kata yang sangat sederhana, tetapi memiliki makna yang sangat luar biasa. Seorang ibu dengan ikhlas memberikan seluruh cintanya tanpa syarat apa pun, dan rela berkorban demi kebahagiaan buah hatinya.

Cintanya begitu murni dan tulus. Ia juga mampu mengobati hati yang terluka, serta memahami segala yang dirasakan oleh anak-anaknya. Tidak ada seorang pun yang ingin kehilangan cinta dan kasih sayang luar biasa dari seorang ibu.

Berbeda dengan diriku. Namaku Aira, seorang gadis kecil yang tidak pernah merasakan hangatnya pelukan ibu, tulusnya cinta, dan kasih sayang seorang ibu. Aku tak pernah mengerti bagaimana rasanya memiliki seorang ibu, yang ada hanyalah seorang ayah. Ayahlah yang menggantikan peran ibu di rumah kami.

Hari ini adalah hari ulang tahunku, usiaku kini sudah sepuluh tahun. Seperti biasa, Ayah membawakan sebuah kue tart ulang tahun kesukaanku.

"Aira, anak Ayah ... Selamat ulang tahun, Nak," kata Ayah sambil membawa kue ke hadapanku saat aku sedang duduk menonton televisi.

"Terima kasih, Ayah," sahutku dengan senyuman yang menghiasi pipi, tetapi butiran bening telah menggenang di pelupuk mata.

Ayah memelukku dengan erat, dan tanpa terasa, butiran bening pun jatuh di pipi kami berdua. Aku hanya mampu membalas pelukan Ayah dengan erat sambil menangis.

"Sudahlah, jangan sedih-sedih lagi. Ayo, kita makan kuenya," kata Ayah sambil menarik tanganku.

"Iya, Ayah, tapi setelah kita selesai makan, bolehkah Aira bertanya sesuatu?" tanyaku memberanikan diri.

Ayah hanya mengangguk, seakan dia tahu apa yang akan aku tanyakan kepadanya. Ayah memotong kue lalu memberikannya padaku. Sama halnya, aku juga memberikan sepotong kue pada Ayah. Tidak ada perbincangan di antara kami, hanya senyum Ayah yang sesekali terasa begitu sendu.

Setelah kami selesai makan kue, Ayah memulai pembicaraan.

"Ra, semoga kamu menjadi anak yang salihah, berbakti kepada kedua orang tua, dan berhasil mencapai semua yang kamu cita-citakan," ucap Ayah sembari menatap wajah anak semata wayangnya dengan penuh doa.

"Aamiin, semoga Allah mengabulkan semua doa Ayah," sahutku sambil tersenyum.

"Ayah, tadi Ayah sudah bilang bahwa Aira boleh bertanya. Iya kan, Yah?" Aku segera menagih janji Ayah.

Ayah hanya mengangguk sebagai tanda persetujuan. Aku bertanya dengan hati yang sangat penasaran. Ada begitu banyak hal yang ingin aku ketahui tentang ibuku. Aku heran, mengapa aku tak pernah memiliki ibu? Mengapa aku tak pernah tahu wajahnya? Tidak pernah aku mendengar kisah tentangnya, bahkan tentang keberadaannya pun aku tak pernah tahu.

Sudah sepuluh tahun aku menunggu untuk mendengarkan cerita tentang ibuku. Jadi, ini adalah saat yang tepat untuk bertanya, saat suasana hati Ayah begitu bahagia karena aku masih ada di sini, diberikan kesehatan untuk menemaninya setiap hari.

Dengan hati-hati, aku mulai bertanya kepada Ayah.

"Yah, dulu Ayah pernah berjanji bahwa jika usiaku mencapai sepuluh tahun, Aira boleh bertanya tentang Ibu."

Ayah hanya tersenyum dan menganggukkan kepala, menandakan persetujuannya dan kesiapannya untuk menjawab pertanyaanku.

Tanpa ragu, aku penuh semangat, lalu terus mengajukan berbagai pertanyaan pada Ayah.

"Yah, mengapa Aira tidak memiliki Ibu seperti teman-teman Aira yang lain? Apakah Ibu Aira sudah meninggal? Kalau sudah, di mana makamnya, Yah? Dan jika Ibu Aira masih hidup, di mana Ibu? Mengapa Ibu tidak tinggal bersama kita? Mengapa Ibu tidak menemani hari-hari kita?"

Sepertinya aku belum puas untuk mengeluarkan semua pertanyaan yang selalu membuat hatiku sesak. Wajah Ayah tampak kini dipenuhi kesedihan, membuatku terdiam. Butiran air mata kembali membasahi pelupuk mata Ayah dan akhirnya tak dapat terbendung. Ayah menyapu air matanya sejenak sebelum memberikan penjelasan.

"Nak, dengarkan Ayah baik-baik, ya. Ibumu masih hidup, dan sekarang Ibu telah memulai keluarga yang baru. Ibu sekarang tinggal di kota. Ibu meninggalkan kita saat kamu berusia satu bulan."

Ayah menghela napas dan ingin meneruskan penjelasannya. Namun, aku tak sabar dan semakin penasaran tentang alasan ibu.

"Mengapa, Yah? Mengapa Ibu pergi? Apakah Ibu tidak mencintai Aira dan Ayah? Apakah ini karena Aira seperti ini? Apakah karena Aira berbeda dengan anak-anak lain? Aira bahkan tidak ingin dilahirkan seperti ini, Yah." Aku bertanya-tanya kepada Ayah dengan pertanyaan bertubi-tubi, dan Ayah semakin terlihat sedih melihatku.

Ya, aku memang bukan anak yang sempurna. Aku berbeda dari anak-anak lainnya. Postur tubuhku yang mungil dan ruas tulang yang begitu kecil membuatku unik sehingga beberapa temanku memanggilku Aira Liliput.

"Nak, jangan pernah berpikir bahwa Ibu tidak mencintaimu. Setiap orang tua mencintai anaknya. Mungkin Ibu memiliki alasan khusus untuk pergi dan meninggalkan kamu dan Ayah. Mungkin Ibu lebih mempercayai Ayah untuk merawat dan menjagamu." Ayah berkata sambil menahan tangisnya.

Sambil menghapus air matanya, Ayah melanjutkan perkataannya.

“Nak, memang benar bahwa kamu berbeda dari yang lain, berbeda dari teman-temanmu. Namun, bagi Ayah, kamu adalah istimewa. Sangat istimewa. Ayah sangat bangga memiliki seorang putri seperti kamu, seorang Aira yang salihah, yang selalu berbicara dengan sopan, dan tak pernah melukai hati Ayah. Hanya berdoa agar suatu hari Ibu kembali, untuk bertemu denganmu, Nak. Jangan lupa berdoa untuk Ibu agar tetap sehat dan selalu dalam perlindungan Allah Swt. Dan satu hal lagi, jangan pernah membenci Ibumu, meskipun Ibu tak pernah merawatmu." jawab Ayah dengan penuh kasih.

Mendengar penjelasan Ayah semakin membingungkan hatiku. Ibu yang telah lama pergi, tidak pernah sekali pun bertemu denganku, tetapi mengapa Ayah bisa berbicara tentangnya dengan begitu hangat? Tidak ada sedikit pun kebencian dalam hati Ayah terhadap Ibu.

Ayah pergi ke kamar sejenak, kemudian kembali dengan sebuah foto usang. Dia menunjukkan foto itu padaku. Ternyata, foto yang dibawa Ayah adalah foto ibuku. Seorang wanita cantik dengan rambut panjang hitam dan lebat. Aku hanya bisa menatap foto itu dan meneteskan air mata.

Dalam hati, aku hanya bisa berharap, "Di mana hatimu, Ibu? Datanglah dan peluk aku, walaupun hanya sebentar. Aku ingin merasakan hangatnya pelukan seorang ibu."

Aku akan selalu mengingat pesan Ayahku bahwa surga berada di bawah telapak kaki ibu.

Ekha Sulthony, seorang ibu rumah tangga yang lahir di Desa Pematang Kerasaan, Kabupaten Simalungun, Sumatera Utara, memiliki peran hebat sebagai ibu bagi seorang putri dan seorang putra.

Pendidikan terakhirnya diselesaikan di Universitas Simalungun, di Fakultas Keguruan dan Ilmu Pendidikan. Meskipun menulis adalah sesuatu yang relatif baru baginya, Ekha menemukan dalam menulis sebuah wadah untuk meluapkan segala emosi yang dia alami, yang mungkin sulit diungkapkan melalui kata-kata lisan.

Awalnya, dia mengikuti langkah teman-temannya yang juga gemar menulis, tetapi seiring berjalannya waktu, dia justru semakin ketagihan untuk mengasah kemampuan dan kreativitasnya dalam dunia menulis.a dalam menulis. Ia bisa disapa melalui akun Facebook: Ekha Sulthony.

IBADAH

Elly Misnawati, S.E.

Ibadah adalah kewajiban yang harus dilakukan
Ibadah adalah kewajiban yang harus dijalankan
Ibadah adalah kewajiban yang harus ditunaikan
Ibadah adalah kewajiban yang harus dilaksanakan
Ibadah adalah sebuah obat dari rasa gundah dan gelisah
Ibadah adalah sebuah obat dari rasa kecewa
Ibadah adalah sebuah obat dalam melawan hawa dan nafsu
Ibadah adalah sebuah obat dalam melawan fananya dunia yang bersifat sementara
Seorang hamba wajib beribadah untuk dirinya
Seorang hamba wajib beribadah untuk meraih pahala dari-Nya
Seorang hamba wajib beribadah untuk mendapatkan ketenangan dalam hatinya
Seorang hamba wajib beribadah untuk mendapatkan keberkahan dalam hidupnya
Jalankanlah ibadah dengan penuh kecintaan dalam menjalankannya
Tunaikanlah ibadah dengan penuh keikhlasan dalam melakukannya
Semangatlah dalam beribadah dengan penuh cinta agar mendapatkan kebahagiaan dari-Nya

Nikmatilah dalam beribadah dengan penuh cinta agar mendapatkan kemuliaan dari-Nya

Prabumulih, 31 Oktober 2023

BUNGA

Elly Misnawati, S.E.

Bunga tampak begitu indah ketika melihatnya
Bunga tampak begitu indah ketika memandangnya
Bunga tampak begitu indah ketika ada yang memetiknya
Bunga tampak begitu indah ketika seseorang bisa merangkainya
Bunga saat dilihat sungguh memesona
Walaupun terkadang terhalang sesuatu untuk memandangnya
Bunga saat dipetik sangatlah cantik
Walaupun terkadang terhalang karena ada beberapa duri di tangkainya
Bunga saat tumbuh mekarnya tidak secara bersamaan
Bunga pun saat layu tidak secara bersamaan
Begitu menarik keindahanmu
Begitu unik berbagai macam bentuk yang tetap memberikan nuansa keindahan
Mencium aroma semerbak wanginya
Sudah membuat diri tersenyum bahagia
Menikmati keindahan bentuknya saat mekar
Sudah membuat diri tersenyum bahagia

Prabumulih, 31 Oktober 2023

Assalamu'alaikum warahmatullahi wabarakatuh. Gadis bernama lengkap Elly Misnawati, S.E. ini lahir di Kelurahan Tanjung Rambang, Kecamatan RKT, Kota Prabumulih, Sumatera Selatan, pada tanggal 10 April 1997.

Biasa dipanggil "Eel," dan dia telah memiliki hobi menulis sejak SMP, tetapi belum sempat mengembangkannya. Tahun 2022, seiring berjalannya waktu, dia mulai mengembangkan hobi ini dengan mengikuti berbagai event penulisan online, seminar online, dan kegiatan positif lainnya. Hasilnya, dia dengan berani menerbitkan buku pada bulan Juli dan Agustus tahun 2023.

HIKMAH SETELAH AYAH PERGI

Nova Vera Susanti

Setiap kejadian membawa hikmah, baik dari yang buruk menjadi baik, maupun sebaliknya. Memang, yang mengatur semuanya adalah Allah Subhanahu wa Ta'ala melalui takdir, yang mengatur hidup, kematian, penderitaan, serta pahit dan manisnya kehidupan yang harus dijalani.

Terluka dan bahagianya, semuanya telah dirancang oleh Sang Maha Pencipta langit dan bumi, sehingga tidak ada yang dapat mengubah skenario yang telah ditetapkan, bahkan malaikat dan hamba-Nya. Kehilangan orang-orang terdekat kita, seperti yang kualami, rasanya sangat menyakitkan.

Namaku Natasha, bukan nama sebenarnya. Kehidupanku cukup sulit sejak kecil hingga dewasa, dengan banyak luka yang kualami, mungkin 99% luka dan hanya 1% kebahagiaan. Sebagai manusia, terkadang ada perasaan putus asa dan kecewa terhadap takdir yang telah diberikan. Namun sekarang, akhirnya aku menyadari bahwa ada hikmah yang tersembunyi di balik semuanya.

Kisah hidupku tidak seindah kebanyakan anak-anak. Sejak kecil, aku ditinggalkan oleh orang tua kandungku, yaitu ayah, tanpa alasan yang pasti. Ibuku juga memiliki kisah yang penuh penderitaan karena pernikahan pertamanya yang berakhir dan memiliki seorang anak bernama Novi Yohannes, yang sekarang aku panggil Abang.

Sikapnya mirip ayahnya yang temperamental. Berdamai adalah hal yang biasa, yang lebih menyedihkan lagi, aku mengalami trauma yang berat sehingga aku enggan memiliki pasangan hidup. Aku sangat takut pada perpisahan dalam sebuah rumah tangga. Bukan hanya itu, aku juga mengalami trauma yang membuat aku menutup hati sepenuhnya.

Kekerasan dan bentakan telah menjadi bagian dari hidupku, dan aku selalu takut. Sejak SD hingga sekarang, satu-satunya hal yang selalu aku inginkan adalah kesuksesan dan kebahagiaan.

Aku sangat beruntung memiliki orang tua sambung yang sangat menyayangi dan memanjakanku, seolah-olah aku adalah anak biologis mereka sendiri. Namun, sekarang aku telah kehilangan sosok ayah sambungku yang sangat menyayangi aku sejak aku kecil.

Ia tidak pernah membentak, hidupnya sederhana, dan meskipun ia tidak memiliki banyak harta benda, cintanya sangat tulus. Aku merasa sangat kehilangan ayah. Sekarang aku memiliki ayah sambung yang membuatku cukup bahagia. Ia sangat menyayangi aku seperti anaknya sendiri.

Namun, aku merasa seakan-akan mati rasa. Bunda ingin mengenalkanku pada seorang pria, tapi aku belum merasa siap. Aku ingin membahagiakan orang tuaku terlebih dahulu, mungkin karena trauma masa laluku yang membuatku menutup diri dan enggan keluar rumah.

Aku sangat paham bahwa semua orang ingin bahagia, memiliki pasangan hidup, dan teman hidup. Menurutku, semuanya butuh waktu. Aku akan menikah saat aku merasa benar-benar siap dan saat aku mencapai apa yang aku inginkan. Mungkinkah aku bisa memaafkan ayah kandungku?

Nova Vera Susanti, lahir di Curup, Bengkulu, pada tanggal 12 Oktober 1999. Nova adalah seorang penulis multitalenta yang berkiprah di berbagai bidang, termasuk menulis lirik lagu, cerpen, puisi, quotes, novel, skenario film, dan banyak lagi.

Meskipun pernah mengalami bully dan hinaan, ia tetap kuat dan bersyukur atas teman-teman baik yang telah hadir dalam hidupnya. Ia punya tekad membuat orang tuanya bahagia dan belajar menerima segala cobaan dengan ikhlas.

Cita-citanya yang tertinggi ingin menjadi penulis, produser, sutradara film, bahkan produser lagu. Dengan semangat dan keyakinan, ia berharap bahwa semua impiannya akan menjadi kenyataan. Aamiin.

Ia juga pernah mendapatkan bonus buku dari redaksi Lollybooks sebagai pengakuan atas bakat dan upayanya dalam menulis. Silakan kunjungi media sosialnya di Instagram dengan akun @NovaVeraSusanti.3 dan di Facebook dengan nama Nova Vera Susanti.

SANG MAHA RAJA

Ina Astuna Sari, S.Pd.I.

Bagaskara setiap hari menyinari bumi
Yang sedang berputar pada porosnya
Tak lelah hadir menebar cahaya pada bumi
Mengabdi pada Sang Mengatur
Tak terasa lembayung senja mulai pergi
Entah apa yang aku rasa
Renjana cinta yang begitu kuat
Cintaku penuh derai air mata
Tangisan memohon aksama Sang Maha Raja
"Rindu pada Nirwana yang Kau janjikan"

Cimahi, 8 Oktober 2023

SANG MAHA

Ina Astuna Sari, S.Pd.I.

Kujalani menapaki hidup
Kuseberangi lautan
Kuberlari menggapai bintang
Kutelusuri gua sunyi
Bersandar di balik bebatuan
Menggema suara gemercik air yang mengalir
Renjana cinta mulai bergetar
Memanggil atas nama cinta yang agung
Tak berarti apa yang aku gapai di bumi
Butiran tasbih memanggil-Mu
"Seutuhnya hanya pada-Mu Sang Maha"

Cimahi, 8 Oktober 2023

Ina Astuna Sari, S.Pd.I, adalah nama lengkap penulis yang lahir di Cimahi pada tanggal 22 Februari 1986. Sebagai anak tunggal, ia memiliki latar belakang pendidikan yang beragam, termasuk sekolah dan mondok pesantren di Ma'had Baitul Arqom Al-Islami dan Ponpes Bahrul Ulum Tambak Beras di Jombang, Jawa Timur.

Selain itu, Ina juga merupakan alumni Universitas Sunan Gunung Djati Bandung dengan jurusan Pendidikan Agama Islam. Saat ini, ia sukses menjadi pemilik beberapa usaha yang dikelolanya.

Selain kesibukannya dengan usaha-usahanya, Ina tengah menyusun kumpulan puisi hasil karyanya sendiri untuk buku cetakan pertama yang bertema "Sang Maha Raja". Selain itu, ia juga aktif bergabung di Komunitas Literalova Writing World dan sedang menghasilkan puisi musikalisasi di platform Youtube. Dengan beragam kegiatan dan bakatnya, Ina Astuna Sari, S.Pd.I, adalah seorang individu yang berprestasi dan kreatif.

IG: inaastunasarikarya

RASA YANG SALAH

Fatih Nurul Hayati

Sebuah rasa yang telah lama Ayra pendam kini muncul kembali ketika sosok pria yang selama ini sudah ia lupakan kembali muncul dan menggoyahkan hatinya. Bertahun-tahun telah berlalu, Ayra sudah melupakan sosok itu, ketika pria tersebut telah mengisi hari-harinya dengan warna yang lebih cerah sejak dua tahun yang lalu. Namun, karena suatu alasan, Ayra memutuskan untuk mengakhiri hubungannya dengan pria tersebut.

Setelah hubungan Ayra dan sang kekasih berakhir, Ayra langsung memblokir segala akses komunikasi dengan sang mantan, baik melalui aplikasi pesan maupun akun media sosialnya. Rasa kecewa yang mendalam membuat Ayra mudah melupakan pria yang pernah mengisi hatinya. Namun, semuanya goyah ketika pria dari masa lalunya dan ketiga sahabatnya, dua laki-laki dan satu perempuan, datang ke rumahnya.

Saat itu, Bu Nur bertanya, "Cari siapa, Nak?" ketika melihat tiga pria tinggi dan seorang wanita bertubuh gemuk berdiri di depan pintu.

Seorang pria dengan suara yang cukup jelas menjawab, "Maaf Bu, apakah Ayra berada di sini?" Suaranya terdengar hingga ke kamar Ayra.

Ayra yang saat itu sedang berbaring di tempat tidur, sambil memainkan ponselnya, tiba-tiba berhenti sejenak saat mendengar suara pria yang terasa tidak asing di telinganya.

"Suara ini ... rasanya aku pernah mendengarnya, tetapi siapa pemilik suara ini?" gumam Ayra dalam hati, sambil berusaha mengingat nama pemilik suara itu.

Bu Nur berkata, "Ada, silakan duduk, Nak. Biar Ibu panggilkan."

Seorang pria tampan dengan sopan berkata, "Oh, iya Bu, terima kasih. Kami membawa sedikit bingkisan untuk Ayra. Mohon diterima, ya." Dia menyerahkan sebuah kantong plastik berisi kue bolu yang telah dibelinya sebelum berkunjung ke rumah Ayra.

Bu Nur menjawab dengan senyum tipis, "Ah, tidak perlu repot-repot. Tapi terima kasih ya, Nak. Sebentar, Ibu akan memanggil Ayra."

Tak lama kemudian, terdengar ketukan pintu dari luar kamar Ayra.

Bu Nur mengatakan, "Nak, buka pintunya. Teman-temanmu datang." Dia terus mengetuk pintu dari luar.

Ayra, yang mendengar suara ibunya, segera bangkit dari tempat tidurnya dan membuka pintu kamarnya.

"Dia teman-temanku? Siapa, Bu?" tanya Ayra dengan rasa penasaran.

"Iya, Ibu tadi tidak sempat bertanya siapa namanya. Coba kamu langsung temui mereka," ucap Bu Nur, lalu ia melangkah ke arah dapur untuk membuat minuman.

Setelah Bu Nur pergi, Ayra kembali masuk ke kamarnya untuk mengganti pakaian. Tak lama kemudian, Ayra melangkah ke ruang tamu, di mana ibunya mengatakan teman-temannya berkunjung.

Entah mengapa, ada perasaan tidak nyaman saat langkahnya semakin mendekati ruang tamu, hingga ...

Deg!

Seketika jantung Ayra berdebar dengan cepat, dan dia membeku ketika melihat seorang pria yang dulu pernah mengisi kekosongan hatinya, berdiri di sana menatap ke arahnya.

"Ayra ...," gumam seorang pria tampan dengan postur tubuh tinggi dan kulit kecokelatan, sambil menatap wanita cantik yang berada tidak jauh darinya.

"Mbak, kenapa kamu diam? Ayo ke sini, ada yang sudah merindukan kamu," ucap Maira dengan nada menggoda.

Ayra tersadar ketika mendengar suara Maira, teman sekelasnya yang pernah bersamanya di ekstrakurikuler teater saat mereka sekolah.

"Hai, Ayra ... bagaimana kabarmu?" tanya seorang pria tampan dengan rasa gugup.

"Ah, iya, aku baik. Bagaimana kabarmu, Kak Imran?" tanya Ayra dengan perasaan canggung.

"Baik," jawab Imran dengan lembut, sambil tersenyum dan menampakkan lesung pipinya yang memikat.

Ayra terpaku ketika melihat senyuman itu, sebuah senyuman yang sudah lama tidak pernah dilihatnya lagi. Senyuman itu membuat pertahanan Ayra mulai goyah.

"Ayo, Mbak, katanya kita mau pergi ke pantai. Kak Imran sudah ada di sini," ucap Maira, yang sekali lagi menggoda Ayra.

"Hmm, aku sedang sibuk dan hari ini sudah ada janji dengan seseorang," ucap Ayra dengan rasa gugup, merasa udara di sekitarnya tiba-tiba menjadi dingin.

"Yah, padahal kita berencana untuk jalan-jalan. Oh ya, Mbak, Kak Imran ingin berbicara denganmu," kata Maira dengan penuh antusiasme.

"Bicara? Tentang apa?" tanya Ayra dengan rasa kebingungan.

"Ehem, mungkin kita sebaiknya keluar dulu. Aku tidak ingin mengganggu percakapan yang sedang berlangsung," ucap seorang pria bertubuh jangkung. Mereka berdua pun beranjak dari tempat duduk dan memberi Ayra dan Imran kesempatan untuk berbicara di ruang tamu.

"Eh, mengapa semuanya pergi? Bergabunglah dengan kami," ucap Ayra, berusaha mencegah mereka yang memilih duduk di teras luar, sehingga hanya Ayra dan Imran yang tinggal di ruang tamu.

Namun, mereka tidak mendengarkan ucapan Ayra dan justru asyik mengobrol di depan teras. Atmosfer pun mulai hening, kedua remaja yang kini telah menjadi dewasa mulai merasa canggung dengan situasi tersebut. Akhirnya, Imran memutuskan untuk membuka suara.

"Ayra ... bisakah kita kembali seperti dulu lagi?" tanya Imran dengan serius, sambil menatap kedua mata Ayra dengan penuh keikhlasan.

Deg!

Fatih Nurul Hayati, wanita kelahiran Brebes pada tanggal 21 Juli 1997. Pendidikan terakhirnya adalah Sekolah Menengah Kejuruan. Terjun ke dunia penulisan berawal dari kegemarannya menulis di buku harian.

Dia memiliki hobi membaca dan menulis. Untuk informasi lebih lanjut, Anda dapat menghubunginya melalui media sosial

FB: Fatih Hayati,

IG: fatih_n.h,

email: Fatihhayati11@gmail.com.

atau nomor HP 085747362514.

AKU CINTA LITERALOVA JR

Marni Fillah

Atmaku bahagia
Ketika menjadi bagiannya
Ukhuwah tercipta
Candu aksara pun mulai ada
Imajinasiku berkeliaran
Netraku berbinar
Tak ada gamang maupun bimbang
Alangkah indahnya hari-hariku
Lambat laun bertambah ilmu
Ingin rasanya menjadi penulis sejati
Tanpa pernah mengeluh atau berhenti
Elok kalimat bermakna indah
Rasa suka dalam dada kian membuncah
Aku terus mengajak penaku menari
Lincah jemari bergerak ke sana kemari
Oh, Literalova ...
Vitalitas jiwaku semakin membara
Aku ingin terus berkarya
Jaga komunitas kita
Rabbi, berkahilah Literalova. Aamiin

Bangka, 28 Oktober 2023

KERINDUAN ANAK RANTAU

Marni Fillah

Wajah langit terasa dekat di sini
Setiap hari kupandangi dengan lekat kecantikannya
Tak banyak rumah dan gedung tinggi
Namun cuaca panasnya seakan mencekik sampai ke lubuk hati
Riak rindu membelenggu jiwa
Pasang surut rasa menggamit kalbu pilu
Menuntunku mengingat segala kenangan
Pada hiruk pikuknya kampung halamanku
Tanah kelahiranku nan jauh di sana
Terhalang luasnya lautan
Terpagar puluhan ribu pepohonan
Seakan mati langkah kaki ini tak berdaya
Hari demi hari merenda asa
Meski terkadang berurai air mata
Hidup tanpa sanak saudara
Jauh dari orang tua menjadi narasi sedih dalam cerita
Aku pasti pulang
Melepas rindu untuk orang tersayang
Menengok pusara orang-orang tercinta
Tak peduli dengan ejekan tanah yang meradang

Bangka, 29 Oktober 2023

Nama lengkapnya adalah Marni Fillah, lahir di Bandung pada tanggal 5 Juli. Sejak tahun 2020, ia tinggal di Bangka dan bekerja sebagai pedagang. Selain itu, Marni Fillah memiliki dua hobi utama, yaitu membaca dan mencoba eksperimen dengan jajanan pasar.

Dalam menjalani hidup, ia memiliki motto yang menginspirasi, yaitu "Jadilah baik meski kamu belum pantas dikatakan baik." Jika Anda ingin berkenalan lebih dekat, Anda dapat menghubunginya melalui akun Facebook dan IG Marni Fillah. Anda juga bisa mengirim email ke alamatnya di marnifillah10@gmail.com.

MALAIKAT KECILKU

Imey Meisya

Kehidupan Dimas tidak pernah berjalan baik, mulai dari masa kecil hingga dewasa. Dimas hidup dalam keluarga yang sederhana, tetapi keadaan keluarganya sangat kacau, dengan orang tuanya sering bertengkar hampir setiap hari. Dia juga sering menyaksikan ayahnya memukuli ibunya.

Sayangnya, sebagai seorang anak kecil, Dimas tidak memiliki kemampuan untuk melindungi ibunya dari kekejaman ayahnya. Yang bisa dia lakukan hanyalah menatap iba pada ibunya.

Ketika Dimas berusia sepuluh tahun, ia tidak lagi melihat ibunya di rumah. Menurut neneknya, ayah dan ibunya telah resmi bercerai, dan ayahnya membawa Dimas tinggal bersama nenek. Sementara ibunya pergi bersama adiknya yang saat itu baru berusia lima tahun.

Kehidupan dengan ayah dan berpisah dengan ibu membuat Dimas kehilangan semangat. Meskipun begitu, ia memiliki tekad untuk sukses di masa depan, berbeda dengan ayahnya yang hanya terlibat dalam alkohol dan perjudian tanpa mau bekerja.

Dimas semakin giat dalam belajar. Akhirnya, ia berhasil mendapatkan beasiswa sebagai penghargaan atas prestasinya di sekolah. Dalam keseharian, waktu dihabiskannya untuk sekolah dan bekerja. Setiap pagi, Dimas pergi ke sekolah, dan setelah pulang sekolah, ia mengumpulkan barang bekas. Terkadang, ia bahkan pergi mengamen bersama teman-temannya. Semua aktivitas itu dilakukannya dengan senang hati. Dimas menabung sebagian uang yang ia hasilkan untuk mencari sang ibu.

Ketika Dimas berusia dua belas tahun, neneknya meninggal dunia. Kehilangan ini sangat menyedihkan bagi Dimas. Tidak ada lagi orang yang menyayangi dan merawatnya di rumah itu. Tidak ada yang membuatkan sarapan untuknya, bahkan hanya sepotong roti. Tak ada yang menyediakan teh untuknya di pagi hari. Semua yang pernah ada, hilang setelah sang nenek meninggal, dan keadaan rumah semakin buruk terutama sikap ayahnya.

Jika Dimas melakukan kesalahan kecil saja, ia sering kali mendapat hukuman berupa pukulan dengan kayu rotan atau rokok yang menyala di tubuh mungilnya. Meskipun demikian, Dimas berhasil melanjutkan pendidikan di SMP dengan bantuan biaya dari beasiswa yang ia terima. Setelah lulus SMP, Dimas melanjutkan ke SMA.

Setelah tiga tahun berlalu, Dimas memiliki impian untuk melanjutkan ke tingkat perguruan tinggi. Namun, ia merasa putus asa karena merasa tidak mungkin mewujudkannya. Akhirnya, Dimas memutuskan untuk bekerja saja.

Tak terasa, delapan tahun telah berlalu sejak Dimas berpisah dengan ibu dan adiknya. Akhirnya, pemuda ini memutuskan untuk mencari sang ibu dan adiknya selama waktu istirahat kerjanya.

Pencariannya akhirnya berhasil. Dimas bertemu dengan ibunya yang ternyata bekerja di sebuah perusahaan yang tak jauh dari tempat ia bekerja. Dia merasa sangat bersyukur bisa bertemu kembali dengan ibu dan adiknya.

Dimas menjalani harinya dengan penuh semangat. Dia sering menghabiskan waktu istirahat kerjanya untuk mengunjungi rumah ibunya dan bertemu dengan Lisa, adiknya. Lisa tumbuh menjadi gadis yang manis, tetapi memiliki sedikit sifat tomboy. Dia bahkan menyatakan bahwa ia ingin menghajar laki-laki yang telah membuat ibunya menderita, yang tidak lain adalah ayahnya sendiri. Dimas hanya tersenyum mendengar pernyataan polos adiknya.

Suatu hari saat Dimas libur dari pekerjaannya, ia berniat berkunjung ke rumah ibunya. Ternyata, sang ibu juga sedang libur pada waktu yang sama.

"Dimas, ibu sudah menyiapkan makanan untuk kita hari ini. Kita makan, yuk!" ajak sang ibu.

"Iya, Bu," jawab Dimas seraya menuju ke meja makan.

Ketika mereka sedang menyantap hidangan makan siang bersama, sang ibu bertanya, "Apakah kau tidak tertarik untuk melanjutkan kuliah, Dim?"

"Dimas sangat ingin kuliah, Bu, tapi masalahnya Dimas tidak punya biaya. Ayah belum berubah, masih seperti dulu," wajah Dimas seketika dipenuhi kekhawatiran.

"Anakku, jangan sedih. Mungkin ibu bisa membantu dengan biaya kuliahmu," kata sang ibu dengan penuh kasih.

"Ah, tidak perlu, Bu. Lebih baik Ibu menyimpan uang untuk masa depan Lisa," jawab Dimas sambil mencoba menahan rasa haru.

"Masa kini menentukan masa depan kita, Dim," kata ibunya, meyakinkan Dimas untuk menerima tawaran kuliahnya.

"Dimas ingin kuliah di Universitas A, Bu, karena cita-citaku adalah menjadi arsitek terkenal," kata Dimas kepada ibunya dengan penuh semangat.

"Bagus, Dim," sahut ibunya. Akhirnya, Dimas mendaftarkan diri ke salah satu universitas terkenal di Jakarta yang telah menetapkan tanggal mulai kuliah.

Hari itu, di pagi Senin yang cerah, Dimas bersiap berangkat ke tempat kuliah. Namun, saat ia melewati sebuah terminal, ia melihat seorang gadis tergeletak pingsan. Pemuda berusia delapan belas tahun itu segera mendekatinya, memeriksa denyut nadi gadis itu, dan berteriak meminta pertolongan kepada orang-orang di sekitarnya.

Untungnya, ada mobil angkot yang membantunya mengantarkan gadis itu ke rumah sakit. Hari pertama ospek, Dimas memilih untuk tidak mengikutinya, memprioritaskan penyelamatan nyawa gadis tersebut. Dia mencari tahu riwayat penyakit gadis itu dari dokter.

"Maaf Mas, gadis ini memiliki riwayat kelainan jantung yang cukup serius," kata Dokter.

"Kelainan apa, Dok?" tanya Dimas.

"Katup jantungnya bermasalah dan ada lubang pada sekat jantungnya. Kelihatannya dia pingsan karena kelelahan," jelas Dokter.

Dimas terkejut, "Astaga, ya Tuhan," batinnya.

"Boleh saya melihatnya, Dok?"

"Silakan."

Dimas mendekati ranjang tempat gadis itu berbaring. Ia merasa kasihan pada gadis tersebut yang tampak lemah dan pucat.

"Aku harus bantu kamu, Dik," gumam Dimas.

Kemudian, ketika gadis itu terbangun, Dimas menjelaskan bahwa dia ditemukan pingsan di jalan dan membawanya ke rumah sakit.

"Sampai kapan kamu sakit begini?" tanya Dimas.

"Sejak lahir, Dimas."

"Kenapa tidak memberi tahu Ayahmu?" tanya Dimas dengan penasaran.

"Oh, aku kabur dari rumah," jawab gadis itu.

"Kamu jangan panik. Mungkin keluargamu mencarimu," kata Dimas.

"Iya, mereka pasti ingin melihatku," jawab gadis itu dengan tenang.

Kemudian, Dimas mencoba menelepon orang tua gadis itu untuk memberi tahu tempat mereka berada.

"Nama kamu siapa?" tanya Dimas ketika dokter pergi.

"Imey," jawab gadis itu.

"Kenapa kamu bisa pingsan begitu, dan di mana keluargamu?"

"Aku kabur dari rumah."

Dimas sangat terkejut mendengar itu. Ia ingin segera melaporkan ke polisi.

"Aku bukan buronan. Kenapa kamu mau lapor polisi?" kata gadis itu.

"Kenapa tidak ingin melaporkan kepada orang tuamu? Mereka mungkin sedang mencarimu," saran Dimas.

"Mana aku mau memberi tahu mereka!" kata gadis itu.

Dimas berusaha mengingatkan bahwa itu tidak baik, tetapi Imey tetap bersikeras.

"Ke mana kamu akan pergi? Siapa yang akan mengurusmu?" tanya Dimas.

"Kalau kamu nggak punya uang, kenapa membawaku ke sini?" kata Imey.

"Kan aku panik. Aku khawatir kamu kenapa-napa," jawab Dimas.

"Baiklah, ini nomor telepon ayahku," kata Imey.

Setelah Dimas menelepon ayahnya, Imey masih terus bersikeras dengan keputusannya. Dimas mencoba memahami situasi dan mendiskusikan apa yang harus dilakukan selanjutnya.

"Oh iya," jawab Dimas tersipu sambil menggaruk kepala yang tidak gatal. Menghadapi Imey yang sedang tantrum membutuhkan kesabaran ekstra.

Tak lama kemudian, ayah Imey datang. Mereka ngobrol sebentar, kemudian Dimas pamit pulang.

"Aku pulang dulu ya, Mey. Ayahku bisa marah jika aku tak ada di rumah, dan itu berarti rotan atau rokok akan bicara," ucap Dimas dengan hati-hati, tetapi Imey masih bisa mendengarnya.

"Kenapa begitu? Boleh aku minta alamat rumahmu?" pinta Imey dengan nada yang sudah lebih hangat.

"Ah, tak apa, lupakan saja! Ini alamatku," kata Dimas sambil menuliskan alamatnya di selembar kertas.

"Oh, Dimas, nama kamu, kan?" tanya Imey sembari mengangguk.

"Iya."

"Ya udah, aku pulang dulu ya. Mari, Pa ..." pamit Dimas dengan sopan.

Dua hari kemudian, pada hari Minggu, Dimas berniat menjenguk Imey di rumah sakit. Namun, ayahnya lagi-lagi marah dan memukulnya, bahkan menyudutkan rokok menyala ke tubuhnya karena Dimas tidak memberikan uang kepadanya. Dimas merasakan rasa sakit itu, tapi dia bertahan dengan tubuh yang bergetar hebat.

"Dimas ...!!!" terdengar teriakan Imey.

"Imey?" Ternyata Imey dan ayahnya datang ke rumah Dimas. Dimas merasa malu, takut mereka melihat perbuatan ayahnya. Papa Imey mendekati ayah Dimas dan ...

"Maaf, Pak. Saya harus menangkap Anda karena melakukan penganiayaan terhadap anak Anda sendiri! Saya adalah seorang polisi," ucap ayah Imey.

Dimas terkejut mengetahui bahwa ayah Imey adalah seorang polisi. Ayahnya digelandang ke kantor polisi dengan kedua tangan diborgol.

"Dimas, besok kamu datang ke kantor polisi untuk memberikan kesaksian!" ucap papa Imey.

"Sayang, tolong obati luka Dimas, ya!?" pinta papa Imey.

"Iya, Pa!"

"Ternyata ini yang kamu ceritakan di rumah sakit tempo hari?"

Dimas terdiam saat melihat Imey dengan telaten merawat luka-luka di tubuhnya.

“Makasih Mey, berkat kamu, aku terbebas dari ayahku,” ucap Dimas dengan tulus.

“Berterima kasihlah sama Allah, karena Allah yang menuntunku ke sini” ucap Imey sambil tersenyum.

“Senyuman yang manis” batin Dimas dalam hati.

Mereka menjadi semakin dekat setelah pertemuan tersebut, dan Dimas mulai menganggap Imey sebagai malaikat kecilnya.

Jakarta, 1 Juli 2023

Imey Meisya, seorang ibu rumah tangga dengan dua anak, lahir di Sidoarjo pada 27 Oktober 1990, merupakan anak kelima dari enam bersaudara. Ia memiliki beragam hobi, termasuk membaca, menulis cerita, dan membuat kue.

Saat ini, Imey menjalankan usaha kecil-kecilan dengan berjualan kue secara online dan offline. Ia bercita-cita menjadi seorang penulis dan telah menciptakan beberapa karya menarik, seperti "Akhir Kisah sang Pelakor," "Gadis Tangguh

Milik Mafia Kejam," "Dibuang Keluarga Dipungut Mertua," serta "Dia Kembar???"

Imey juga sedang menjajaki genre horor komedi dalam tulisannya. Anda dapat menikmati karyanya di Fizzo Novel atau mengenalnya lebih dekat dengan mengikuti akun Instagramnya @imey_meisya.

PENISTA KENANGAN

Yasmin Imaji

Temaram lampu taman yang berkedip syahdu
Tak mampu menemani hening kesunyianku
Desiran angin turut menyapu kenangan lalu
Kenangan tentangmu, yang pernah kurindu
Setiap tawa yang membawa kebahagiaan
Setitik luka kusimpan dalam kesakitan
Sebuah rasa tertanam dalam penantian
Sesosok insan yang menjadi pujaan
Jangan pernah kau tanyakan tentang hati
Seperti luka yang tak bisa terobati
Rasa dari sebuah cinta yang kau sakiti
Membuatnya seakan mati
Di dalam sebuah doa
Kulangitkan sebuah asa
Tuk hilangkan semua rasa
Di dalam jiwa yang meronta
Munafik, rong-rongan kalbu menangis
Terpekik, jeritan hati yang kian mengais
Tak pelak kalbu serasa teriris
Kunistakan kenangan akanmu, miris

Semarang, 21 September 2023

HUJAN

Yasmin Imaji

Dalam rintik hujan yang terlihat menari
Memori ini kembali terisi
Memaksaku tuk mengenangmu kembali
Membuka luka hati yang tersimpan di hati
Dalam derasnya hujan yang datang
Kucoba untuk menghapus bayang
Dari angan semu yang kian melayang
Menjauhkanmu yang kian menghilang
Sekuat apa pun aku menggenggam rindu
Mencoba melepas takdir yang membelenggu
Tak akan pernah kugapai hadirmu
Jika Tuhan tak inginkanku mendampingimu
Riuh, suara hujan menderu semakin deras
Memaksa kalbu menekan keras
Seolah nurani tak lagi berasas
Rinduku padamu begitu selalu berbekas
Kala hujan berhenti mengguyur
Deburan angin mengembus nyiur
Seakan diri ini hanyut dalam debur
Segumpal asa tak surut tidur
Hujan berhenti, pelangi menari
Menyongsong indahnya hari
Nuansa secercah harap tak terperih
Bagiku, untukmu yang selalu di hati

Semarang, 22 September 2023

Yasmin_imaji adalah nama pena seorang ibu rumah tangga yang penuh dengan impian. Ia lahir dan besar di kota kecil Semarang pada bulan Juni 1989. Wanita ini memiliki dua anak dan mengejar impian menulis setelah menggambar wajah orang-orangan sawah.

Meskipun pernah bercita-cita menjadi seorang polisi wanita, ia akhirnya menemukan panggilan di dunia menulis. Pada awal tahun 2023, dia mulai aktif menulis di platform online dan meluncurkan karyanya yang pertama, "TERJERAT SESAT," pada Juni 2023.

Anda dapat menemukan profil lengkap penulis di: Facebook: Yasmin_imaji, Instagram: yasmin_imaji, email: ayra.fasyabil2@gmail.com, kontak: 0895391640080.

PAK SAMPIR

Mustawa

Setahun setelah kepergian istrinya, Pak Sampir memilih untuk tetap tinggal di rumahnya dan menjalani hidup dalam kesendirian. Dua orang anak lelakinya, Sulung dan Bungsu, telah memiliki keluarga dan rumah sendiri, meskipun masih berada di kampung yang sama. Kesibukan dalam rumah tangga mereka membuat mereka sulit untuk menghabiskan waktu bersama Pak Sampir setiap hari. Walaupun begitu, keduanya masih mengunjungi ayah mereka setidaknya sekali seminggu.

Pak Sampir, seorang lelaki yang telah memasuki usia tujuh puluh tahun, masih sangat sehat dan energik. Kebiasaan kerja kerasnya di masa muda, yang dipengaruhi oleh keadaan, telah membentuk fisiknya yang kuat. Otot-ototnya masih terlatih dengan baik, memungkinkannya untuk mengerjakan berbagai tugas seperti membelah kayu bakar untuk memasak, mencuci pakaian, dan membersihkan rumah dengan cekatan.

Maka, meskipun hidup sendiri sebagai seorang duda, Pak Sampir tidak terlihat tidak terurus sedikit pun. Pakaiannya selalu bersih dan rapi, sama seperti saat istrinya masih hidup. Rumah dan pekarangannya juga tetap tertata dengan baik. Ketika anak-anaknya datang berkunjung, mereka benar-benar berkunjung, tanpa harus melakukan pekerjaan rumah seperti mencuci piring dan baju kotor atau merapikan rumah yang berantakan. Tidak ada tugas rumah yang harus mereka lakukan, seperti yang mungkin terjadi ketika anak-anak lain mengunjungi orang tua mereka yang telah lanjut usia.

Meskipun Pak Sampir mampu menjalani hidup seorang diri, kedua anaknya hingga saat ini masih merasa tidak tega membiarkan sang ayah menjalani hidupnya dalam kesepian.

"Ada baiknya Bapak pertimbangkan kembali permintaan kami," ucap Sulung saat berkunjung ke rumah Pak Sampir bersama istri dan anak tunggalnya.

"Terserah Bapak, apakah Bapak akan merasa lebih nyaman tinggal bersama kami atau di rumah Adik Bungsu."

Kalimat Sulung tersebut merupakan pengulangan yang ke sekian kalinya sejak kali pertama disampaikan setelah tahlilan tujuh hari kematian sang ibu. Namun, jawaban Pak Sampir tetap sama: ia memilih untuk bertahan dan tinggal di rumahnya.

Pak Sampir, yang duduk di kursi kayu di ruang tamu, menghela nafas panjang sebelum memberikan jawaban. Dengan punggungnya bersandar pada sandaran kursi yang tinggi, matanya menatap ke kejauhan, seolah-olah merenungkan serangkaian peristiwa masa lalu yang sedang diterawang.

"Rumah ini adalah pusaka bagiku. Monumen dari perjuangan panjang dan berat bersama ibu kalian," kata Pak Sampir, lalu ia menjeda sejenak.

Napasnya terdengar berat, dan terlihat jelas bahwa menceritakan tentang rumahnya adalah beban emosional yang berat baginya. Tidak berlebihan. Rumah itu adalah tonggak pencapaian yang ditopang oleh pengorbanan besar.

"Kalian mungkin belum sepenuhnya memahami bahwa untuk mencapai keadaan seperti sekarang, Bapak dan almarhumah Ibu telah melewati perjuangan dan pengorbanan besar," ujar Pak Sampir melanjutkan argumennya. Meskipun sering bercerita dengan jeda, Sulung tidak berani menginterupsi, tetap mendengarkan dengan penuh hormat.

Berbagai kisah masa lalu pun terus mengalir dari mulut Pak Sampir. Dengan narasi yang serupa dengan pengisahan sebelumnya, seolah-olah cerita itu telah menjadi bagian tetap dari kata-kata Pak Sampir. Inti dari kisah tersebut berkisar pada awal kedatangan keluarga mereka di kampung itu.

"Bapak dan Ibu baru saja menikah ketika mereka memutuskan meninggalkan kampung halaman untuk ikut program transmigrasi," demikianlah kalimat pembukaan yang sering diulang oleh Pak Sampir. Meskipun Sulung tahu apa yang akan diucapkan ayahnya, ia tetap mendengarkan dengan penuh hormat.

Kisah kemudian berlanjut tentang perlawanan nenek dan adik-adik ibu terhadap keputusan mereka. Bagaimana pasangan muda Sampir dan Munah bersikeras pada keputusan mereka, meskipun bertentangan dengan keluarga mereka. Dorongan untuk mempertahankan harga diri dan menghindari kemiskinan membuat mereka teguh pada keputusan untuk mengikuti program transmigrasi.

"Setelah tiba di tanah baru, kampung kita saat ini, keadaan tidak serta-merta membaik. Kami memperoleh lahan luas untuk bercocok tanam yang menghasilkan beragam tanaman seperti padi, palawija, dan sayuran yang melimpah," jeda Pak Sampir dengan senyum getir, "Namun apa artinya keberlimpahan itu jika kami tidak bisa menjual hasil panen selain kebutuhan kami?"

Maka, para transmigran, termasuk Pak Sampir, mulai meninggalkan ladang mereka. Ladang-ladang tersebut dibiarkan terbengkalai dan berubah menjadi semak belukar. Hanya sebagian kecil tanah yang mereka garap untuk memenuhi kebutuhan pangan mereka. Sisanya mereka mengandalkan hasil hutan, seperti rotan, getah, minyak dari beberapa pohon, dan bahkan emas yang mereka tambang dengan cara sederhana.

Lama kelamaan, penduduk kampung transmigrasi itu semakin meninggalkan ladang-ladang mereka. Pekarangan yang dulunya ditanami mulai diabaikan. Semak belukar yang merajalela di ladang-ladang menjadi sarang hewan hama seperti babi hutan, landak, dan tikus.

Kehidupan warga kampung sepenuhnya bergantung pada hasil hutan, yang tidak selalu dapat diandalkan.

"Sejak saat itu, banyak warga yang memilih untuk tidak bertahan lagi. Satu per satu mereka kembali ke kampung asal. Mungkin mereka masih memiliki aset yang bisa diandalkan untuk bertahan hidup, tapi tidak dengan Bapak dan Ibu," ucap Pak Sampir dengan nada sedih. Bagian kisah ini selalu membuatnya teringat akan masa sulit yang mereka lalui.

Tidak berlebihan, ini adalah fase yang paling berat yang pernah mereka alami. Pak Sampir dan istrinya terjebak dalam situasi dengan pilihan yang sulit. Bertahan di kampung yang jauh dari keluarga mereka dengan penduduk yang semakin berkurang, atau kembali ke kampung halaman yang sama artinya kembali ke kemiskinan? Kedua pilihan tersebut bukanlah opsi yang menarik.

Akhirnya, mereka memilih bertahan di kampung transmigrasi itu bersama puluhan keluarga lainnya, meskipun hal itu sebagian besar karena keterpaksaan. Namun di balik keterpaksaan tersebut, Tuhan memberikan anugerah yang tak terduga.

Di tengah-tengah kesulitan, seorang pengusaha dari kota datang ke kampung itu. Awalnya, dia mencari ubi kayu sebagai bahan baku pabrik tapioka, dan ia membeli seluruh ubi kayu yang ada di kampung tersebut.

"Sayangnya, Bapak-Bapak hanya menanam ubi kayu di pekarangan. Jika ladang yang terbengkalai itu ditanami kembali, pasti hasilnya akan lebih banyak," ujar sang pengusaha kepada penduduk kampung yang berkumpul, mempertimbangkan hasil ubi kayu mereka.

"Jika Bapak Pengusaha bersedia menampung seluruh hasil ubi kayu yang kami tanam, tentu saja kami akan segera menanami kembali ladang-ladang kami," jawab penduduk kampung, seperti suara koor.

Sejak saat itu, kehidupan di kampung tersebut perlahan membaik. Orang-orang mulai menggarap kembali ladang mereka. Mereka menanami ladang dengan ubi kayu dan menyisakan sedikit ladang untuk menanam sayur-sayuran yang mereka butuhkan sehari-hari.

Lambat laun, penduduk kampung itu bertambah karena orang-orang datang dengan kemauan sendiri. Mereka tertarik untuk menggantikan penghuni lama yang telah meninggalkan rumah dan ladang mereka. Keadaan telah berubah. Kampung yang dulu ditinggalkan karena tidak memberikan penghidupan, sekarang menjadi daya tarik bagi orang dari luar.

“Hingga kalian berdua lahir pada masa itu,” lanjut Pak Sampir, seperti menyentak perhatian Sulung untuk kembali mendengarkan, “dalam masa yang tidak lagi sulit. Maka kalian pun tumbuh dalam keadaan yang tidak lagi penuh kesulitan, sehingga mungkin tidak sepenuhnya paham arti perjuangan.”

Sulung menghela napas dan memperbaiki posisi duduknya di depan ayahnya, berbatas meja kayu.

"Meskipun kami tidak mengalami langsung, saya bisa paham. Bapak selalu menceritakannya pada kami ..." Sulung membuat jeda dalam kalimatnya.

Suasana menjadi hening, dan tampaknya ada jarak yang tiba-tiba terbentang antara ayah dan anak. Masing-masing berada dalam pikirannya sendiri, berusaha mengatasi jarak tersebut.

"Justru karena itu, menurut pendapat kami, saat ini adalah waktunya bagi Bapak untuk menikmati hasil jerih payah masa lalu. Bapak tidak perlu lagi membelah kayu, memasak, mencuci pakaian, dan membersihkan rumah sendiri. Tinggallah bersama kami." Akhirnya, permintaan itu diucapkan kembali oleh Sulung.

Pak Sampir tersenyum, tetapi ia menggelengkan kepala perlahan, menandakan penolakannya meskipun naluri kasih sayangnya tidak ingin membuat anaknya merasa kecewa.

"Bapak tahu bahwa kamu dan adikmu, serta keluarga kalian, memiliki niat baik. Terima kasih karena tetap memberikan perhatian yang besar kepada Bapak. Bapak merasa bahagia karena merasa berhasil mendidik kalian." Pak Sampir tersenyum, dan Sulung membalas senyum tersebut.

Dia memahami bahwa ayahnya hanya ingin menjaga harga diri dan kemandiriannya setelah menolak tawaran itu.

Waktu kunjungan Sulung dan keluarganya berakhir saat matahari telah terbenam beberapa saat. Mereka pulang setelah berhari-hari mengunjungi Pak Sampir. Saat perpisahan itu berlangsung dalam suasana ceria, tanpa ada pertanda buruk.

Namun, setengah jam kemudian, saat Sulung baru saja keluar dari kamar mandi, dia menerima panggilan dari adiknya, Bungsu.

"Mas ... kita harus pergi ke rumah Bapak. Lek Gareng, tetangga depan rumah Bapak, memberitahu bahwa rumah Bapak terbakar karena tersengat listrik ..." Suara Bungsu dari seberang terdengar panik dan gugup.

Sulung tiba-tiba merasa terpukul. Bayangan hal buruk langsung melintas dalam pikirannya. Namun dia segera bangkit, mengeluarkan mobil dari garasi, dan bersama istri dan anaknya, mereka segera menuju rumah Pak Sampir.

Ketika tiba di sana, orang-orang sudah berkerumun, berusaha memadamkan api. Pak Sampir telah dilarikan ke rumah Lek Gareng dalam keadaan kritis. Nyawanya masih melekat ketika kedua anaknya tiba, seolah-olah dia ingin memberikan selamat tinggal.

"Kembalilah, Pak. Seperti saat Bapak pertama kali datang ke kampung ini, sekarang Bapak pergi. Hanya amal baik yang akan menemanimu," ucap Sulung dengan haru saat menghampiri ayahnya.

Sinunukan, 29 Oktober 2023

Nama lengkapnya adalah Mustawa. Ia lahir di sebuah desa di Kabupaten Grobogan. Ketika masih kecil, kedua orang tua membawa keluarganya pindah ke Sumatera Utara mengikuti program transmigrasi.

Mustawa menempuh pendidikan dasar di kampung transmigrasi, kemudian melanjutkan sekolah menengah kembali ke Jawa. Meskipun sempat singgah di perguruan tinggi, ia tidak menyelesaikan pendidikan tingginya.

Pengalaman Mustawa sebagai penulis masih tergolong minim. Ia telah menerbitkan sebuah karya di Fizzo dengan judul "Pergulatan di Titian Takdir". Selain itu, ia juga telah menulis cerita pendek di Short Novel dengan judul "Cucu Termahal untuk Nenek" dan "Jejak Perjuangan". Karya lainnya adalah ikut dalam Antologi Quotes berjudul "Menggenggam Rasa dalam Pena" bersama Tim Penulis Literalova Writing World.

IBU

Sulasmi, S.Pd.I.

Engkaulah wanita yang tercipta sangat istimewa
Yang mengandungku sembilan bulan tanpa mengeluh
Yang melahirkanku hingga tetesan darah dan air mata
Yang merawatku tiada kenal lelah dan jemu
Ibu ...
Begitu besar cintamu terhadap anakmu
Yang rela berkorban untuk kebahagiaan anakmu
Dan seberat apa pun masalah yang engkau hadapi
Engkau selalu tegar, kuat dan berhati lapang
Ibu ...
Engkaulah sang motivator dalam hidupku
Engkaulah pendengar dan nasihat terbaik dalam hidupku
Ketika aku dilanda kesedihan, Ibulah yang merasakan lebih kesedihanku
Ketika aku bahagia, ibulah yang merasakan lebih kebahagiaanku
Pesona surah di wajahmu
Terlukis makna cinta dan kasih sayang dari hatimu
Mencintai kekuranganku dengan kesempurnaan
Mengasihiku dengan keistimewaan
Ibu ...
Terima kasih akan cinta dan kasih sayangmu yang murni
Terima kasih engkau sudah mengajarkanku arti kehidupan yang hakiki

Terima kasih atas pengorbananmu yang engkau curahkan
kepadaku
Terima kasih ibuku, aku akan selalu mencintaimu ...
selamanya.

Huta Dolok Sinumbah, 30 Oktober 2023

CINTA RASUL

Sulasmi, S.Pd.I.

Di setiap langkahmu
Terukir cinta di hatiku
Namun, begitu besar cinta terhadap umatmu
Hingga tak dapat kulupakan
Muhammadku ...
Engkaulah Nabi yang kucintai, kusayangi bahkan kurindukan
Kepribadianmu pancarkan pesona indah jutawan
Perjuanganmu terlukis makna insan yang sempurna
Muhammadku ...
Pengorbananmu sungguh luar biasa
Engkau menebarkan syiar Islam dengan semangat tanpa kenal lelah
Hingga tetesan darah bersimbah peluh di tubuhmu
Engkau tak pernah mengeluh
Muhammadku ...
Begitu santun dan mulia akhlakmu
Mengajarkanku arti cinta dan kasih sayang yang sejati
Engkaulah sang teladan untuk umatmu
Yang memberi syafaat tuk dunia dan ukhrawi
Muhammadku ...
Engkaulah jiwa pahlawanku
Jiwa yang memerangi kegelapan hingga menuju masa terang benderang
Kuingin engkau selalu di hatiku

Kuingin mencintaimu, cinta Rasul selamanya.

Huta Dolok Sinumbah, 30 Oktober 2023

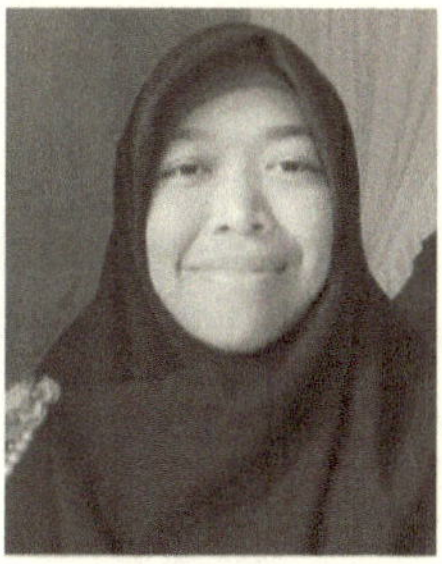

Sulasmi, S.Pd.I., lahir di Kampung Dolok, dan seorang ibu dari seorang putri. Ia mengejar pendidikan di Fakultas Tarbiyah jurusan Pendidikan Agama Islam di Universitas Pembangunan Panca Budi (UNPAB) Perdagangan dari tahun 2010 hingga 2014.

Saat ini, Sulasmi bekerja di lembaga Yayasan Pendidikan Islam Terpadu Pintar. Di sana, ia mengajar di kelas 4 sebagai guru kelas. Selain berperan sebagai guru kelas, dia juga memiliki tanggung jawab sebagai Koordinator BPI di SDIT Pintar sejak tahun 2019 hingga saat ini.

Selain aktivitas mengajar, Sulasmi juga telah berhasil menerbitkan sebuah buku antologi puisi yang bertema kemerdekaan bersama para penulis Literalova, berjudul "Harmoni Kemerdekaan."

SURAT CINTA DARI MADINAH

Septiningsih

Nahla melirik sekilas pada Ustaz Fatah, yang duduk berhadapan dengan ayahnya. Tamu ayahnya itu datang untuk membicarakan acara walimatul Ursy yang akan digelar sebentar lagi di rumah ini.

Sebagai seorang wanita, Nahla tentu mempunyai kriteria seperti apa calon imamnya, termasuk Ustaz Fatah, yang juga masuk dalam daftar kriteria yang Nahla inginkan. Ustaz Fatah dulunya sempat menjadi kandidat calon suami di hati Nahla. Namun karena dia dijodohkan oleh gurunya, dan karena waktu itu Nahla belum berani terbuka kepada ayahnya, kesempatan Nahla untuk menjadi bidadari bagi Ustaz Fatah sudah berlalu.

Waktu itu Nahla merasa kecewa terhadap Allah. Dia juga mempertanyakan apakah dia tidak pantas menjadi pendamping Ustaz Fatah. Apa yang kurang pada dirinya? Padahal dia sudah berusaha semaksimal mungkin untuk menjadi pendamping Ustaz Fatah.

Namun hal itu tidak berlangsung lama. Nahla menyadari bahwa semua yang ditakdirkan oleh Allah tak pernah salah. Allah tidak mungkin mendzolimi hamba-Nya karena semua yang Allah takdirkan adalah yang terbaik.

Nahla menatap lekat pada kaca yang mencerminkan bayangan dirinya. Ia melengkungkan bibir ke atas. Matanya yang indah tiba-tiba mengabur, menandakan ada badai dan gerimis yang sedang menerpa dirinya. Untungnya, makeup yang ia pakai mampu menutup semburat merah pada pipi dan hidungnya, meskipun matanya tentu saja tidak bisa menyembunyikan kegelisahannya.

Umi Fatim yang baru saja datang dari arah belakang mengusap pundak sekaligus punggung Nahla. Ia mencoba menenangkan putrinya yang hampir menangis seandainya ia tidak datang tepat waktu. Ia tahu betul perasaan putrinya saat ini. Beberapa hari ini, Nahla terlihat tidak bisa tidur dan lebih banyak diam.

Dua bulan setelah datangnya surat lamaran dari keluarga Abidzar dari Madinah, Nahla lebih sering berada di kamarnya. Ia merenungkan keputusan ayahnya yang tanpa persetujuan putrinya menerima lamaran dari kerabat jauh yang bahkan tidak dikenalnya.

"Nduk ..., pengantin prianya sudah datang, sebentar lagi ijab qabul akan dilaksanakan. Kamu sudah siap?"

"Siap atau tidak, Nahla tetap harus menikah, kan, Mi?"

Umi Fatim menghela napas. Ia sebenarnya tidak tega melepaskan putrinya dengan cara seperti ini. Namun ia sangat yakin, ini yang terbaik untuk putrinya. Apalagi suaminya mengenal betul siapa ayah dari mempelai prianya. Selain itu, Umi Fatim juga berharap Nahla bisa membuang perasaannya terhadap Ustaz Fatah karena saat ini pria itu sudah menikah.

Umi dan Abinya tahu bahwa Nahla memendam perasaan terhadap Ustaz Fatah, meskipun putrinya itu tidak pernah bercerita kepada mereka. Mereka bisa merasakannya setelah putrinya sempat menangis untuk beberapa waktu dan menolak menemui Ustaz Fatah setelah pria soleh itu melepas masa lajangnya.

"Benar katamu, Nduk, siap atau tidak, Kamu harus siap. Ayahmu punya hak untuk melakukan itu," Ibu dua putri itu kembali mengusap punggung putrinya. "Ayo, saksikan ijab qabulmu ..."

Nahla, seberapapun sedih dirinya, tetap tersenyum menatap Ibunya yang juga menatapnya dengan senyuman. Ia harus menghadapi perasaannya dan tidak ingin meninggalkan kenangan pahit pada bidadari tak bersayapnya itu. Ia tidak ingin membuat ibunya bersedih, meski sebenarnya ibunya tanpa ia sadari telah mengetahui perasaannya.

"Ayo, Mbak ..."

Najwa tanpa aba-aba masuk ke dalam kamarnya yang dijadikan ruang rias untuk kakaknya. Senyumnya mengembang bak mawar yang baru saja mekar. Kakak perempuannya yang memang cantik, kini terlihat semakin cantik serasi sekali bersanding dengan Abidzar yang memiliki paras rupawan.

Najwa duduk berhadapan dengan Nahla lantas menggenggam tangan sang kakak. Mentornya yang selalu menyemangati dirinya ketika ia sedang tertekan, kini sepertinya sedang membutuhkan dukungannya. Najwa tahu, ada kegelisahan yang Nahla sembunyikan, meskipun senyum lebar saudara perempuannya itu dipajang sedemikian rupa. Namun Nahla tidak akan bisa menipu adiknya tersebut.

"Kakak tahu seperti apa wajah pengantin prianya, Kakak? Goda Najwa berusaha mengurangi kesedihan sang kakak.

"Lebih tampan pengantin pria Kakak dibanding Pangeran Muhammad bin Salman!" Nahla menepuk lengan adiknya. Bagaimana mungkin calon suaminya lebih tampan daripada Pangeran Arab Saudi itu? Itu adalah fitnah yang kejam!

"Hati-hati, Dek. Kalau intelijen Arab Saudi mendengar ini, Kamu akan berurusan dengan mereka ..." Ancam Nahla sambil tertawa kecil.

Najwa ikut tertawa, merasa lega setelah berhasil menggeser sedikit energi kesedihan yang sempat terpancar dari raut wajah kakaknya. Umi Fatim yang sedari tadi menyaksikan interaksi kedua putrinya itu juga merasa lega dengan perubahan mimik putrinya, Nahla.

"Ayo, Kak. Sudah waktunya mulai," seru Najwa.

Kemudian, ia bangkit dengan menggandeng tangan Nahla, yang kemudian juga bangkit dari tempat duduknya. Mereka berjalan beriringan, dengan ibu dan adiknya berada di sebelah kanan dan kirinya. Raut kesedihan yang tadi terlihat di wajahnya, Nahla berusaha hapus dan menggantinya dengan senyuman, meskipun itu palsu.

Nahla duduk di tempat yang sudah disediakan untuknya. Jarak antara meja tempat terlaksananya ijab qabul tidak terlalu jauh, hanya sekitar sepuluh langkah. Namun wajah mempelai prianya tidak bisa dilihat dari tempat Nahla berada, karena mempelai pria duduk membelakangi tempat di mana mempelai wanita berada.

Ijab qabul terlaksana dengan lancar. Saat kata SAH bersahutan dari mulut satu ke mulut yang lain, hati Nahla berdebar kencang. Dentuman jantung yang biasanya tenang seiring dengan napasnya yang tenang, kini mulai gusar, berdetak cepat seiring dengan suara napasnya yang terengah-engah.

'Loh, kok, Mas Hanan ...?' Ia mengenali suaminya dengan nama Hanan, bukan Abidzar. Pantas saja ia tak mengenalinya.

Kalbu Nahla berguncang seketika, tetapi anehnya beberapa detik kemudian mendadak diam dan menjadi tenang. Kejutan ini benar-benar tiada terduga.

'Ya, Rabb ...,' Mendadak mata cantiknya meleleh. Ia telah menduga bahwa Allah akan berbuat tidak adil padanya. Namun nyatanya, Allah mengabulkan apa yang ia harapkan selama ini. Cinta pertamanya sewaktu SMP yang dulu pernah ia impikan menjadi pendampingnya, kini berada di depan matanya.

Lelaki itulah cinta pertama saat ia masih sangat belia. Cinta pertama yang tak mampu ia ucapkan sebab ada jarak syariat. Cinta pertama di mana waktu itu anak perempuan yang sebaya dengannya mengumbar kata cinta kemudian terperosok dalam kehinaan.

“Loh, ini kenapa malah menangis? Salami dulu suamimu, Nak!”

Bukannya mengikuti perintah ibunya, tangis Nahla malah semakin menjadi. Gadis yang telah berubah statusnya itu memeluk erat tubuh ibunya, membuat ibunya kesulitan bernapas.

“Sudah, Nak. Umi tidak bisa bernapas, ini!” Mendengar itu, Nahla serta merta melepaskan pelukannya terhadap ibunya. Namun ia masih menangis, menundukkan pandangannya ke bawah. Ia sungguh telah merasa berdosa.

‘Ampuni hamba ya, Rabb ...’

Di dalam kamar pengantin, Nahla disibukkan oleh pikirannya sendiri. Setelah mandi dan berganti baju, Nahla kini duduk di tepi ranjang sambil memainkan ponselnya. Tiba-tiba pintu terbuka, memunculkan sosok suaminya yang tampan dan sempurna. Mereka saling menatap. Wajah Nahla tiba-tiba memerah karena malu. Adiknya benar, suaminya lebih tampan dari Pangeran MBS, Putra Mahkota Kerajaan Arab Saudi yang kini menjadi Perdana Menteri Kerajaan Arab Saudi.

Hanan duduk di sebelah Nahla, dan jantung gadis itu berdetak lebih cepat dari biasanya. Nahla merasa tenang berada di samping Hanan Abidzar.

"Selamat datang dalam hidupku, Nahla. Semoga aku bisa menjadi imam yang membawa kita ke surga," ucapnya dengan manis.

Nahla yang biasanya spontan dalam merespons sapaan, kini merasa gemetar dan tak dapat menjawab dengan baik.

"Terima kasih, Mas Hanan. Selamat datang juga dalam hidup Nahla. Saya harap kami bisa saling membimbing hingga akhirnya, semoga Allah menjadikan kami pasangan yang dirindukan surga," kata Nahla dengan hati penuh rasa syukur.

Abidzar tersenyum dan ingatannya kembali ke saat dia akan memulai kuliahnya di kota ini, tempat Nahla tinggal selama ini. Pertama kali ia bertemu Nahla ketika mencari alamat kos-kosannya. Waktu itu, Nahla masih remaja, duduk di bangku SMP. Namun kecantikan fisik dan hatinya yang tulus berhasil menggetarkan hatinya hingga sekarang.

Nahla tak pernah menyangka bahwa jodohnya adalah seseorang yang sudah tidak asing baginya, bukan seperti yang dia kira. Abidzar waktu itu tinggal di kos milik keluarganya, sehingga mereka bertemu setiap hari. Cinta mereka tumbuh tanpa disadari, tetapi batasan syariat membuat mereka sadar diri, sampai akhirnya Allah mempertemukan mereka dalam situasi seperti sekarang.

Abidzar memberanikan diri untuk mengambil tangan Nahla yang terlihat gelisah di pangkuannya. Kemudian, dia memegangnya dengan lembut.

"Istriku, mari kita melakukan salat sunah terlebih dahulu," ujarnya dengan penuh kelembutan. Nahla tersenyum lembut, lalu mengangguk setuju.

Septiningsih, seorang ibu rumah tangga, memiliki hobi membaca dan menulis. Minatnya dalam dunia literasi muncul sejak SMP. Meskipun sempat melupakan hobi berharga ini karena suatu alasan, ia masih suka membuat jurnal pribadi.

Pada tahun 2018, saat ia berkenalan dengan platform novel terkenal, semangat menulisnya kembali terpantik. Meski kesibukan menghadang, ia mulai menulis kembali.

Saat ini, karya Septiningsih meliputi 'Nikah Grebek' (on going) di Fizzo dan 'Cinta Berkabut Tabu' di KBM (on going). Jangan lupa kunjungi akun media sosialnya Instagram: septina_pamungkas08 dan akun Facebook FB: septiningsih.septiningsih.1614.

IBU

Liviana Putri Tanjung

Tangan kasarmu meremas erat tanganku
Saksi bisu perjuanganmu
Kerutan yang terlihat jelas di wajahmu
Bukti nyata tulus kasihmu
Kain jarik lusuh yang kau pakai
Jilbab besar yang biasa kau pakai
Senyum tulus yang tersemat di bibirmu
Membuatku bersalah padamu, Ibu
Betapa jahatnya aku di masa lalu
Tak pernah kuhiraukan nasihatmu
Tak jarang kuabaikan perintahmu
Aku memang anak yang tak tahu diri
Aku tak akan bisa mengubah semua
Aku tak akan bisa membalas semua
Aku tak akan bisa mengganti semua
Hanya ada kasih tulus dan doaku untukmu
Harapanku menjelma menjadi bait doa
Air mataku menjelma menjadi bait doa
Teruntuk wanita terhebatku
Wanita yang bergelar ibu

Yogyakarta, 05 November 2023

SEMANGKA

Liviana Putri Tanjung

Ini cerita tentang semangka
Yang merambat liar di pinggir jalan
Akarnya tumbuh di tanah berbatu
Daunnya meranggas
Pohon itu memang tumbuh liar
Tanpa pemilik tanpa bertuan
Namun siapa kira
Semangka itu tumbuh dengan baik
Bunganya banyak
Kuncupnya bermekaran
Buahnya mulai terlihat tumbuh membesar
Ranum dan memanjakan mata
Semangka itu ibarat manusia
Walau lahir dalam keadaan tak berdaya
Tumbuh di dunia yang penuh kepalsuan dan derita
Namun jiwa yang kuat akan tetap bertahan
Tumbuh besar dengan kuat
Tumbuh besar dengan gigih
Berubah menjadi manusia dewasa
Yang gagah dan bermartabat

Yogyakarta, 05 November 2023

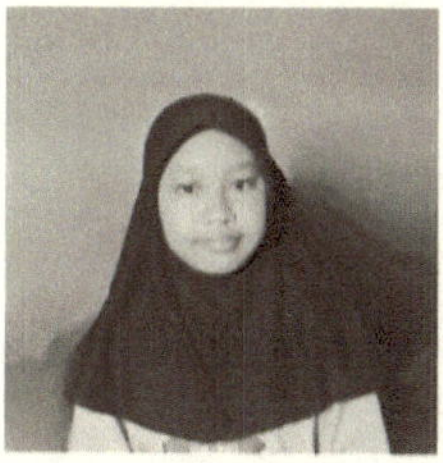

Liviana Putri Tanjung adalah seorang pelajar kelas 7B di SMPN 3 SLEMAN. Gadis berdarah Batak ini lahir di Yogyakarta dua belas tahun yang lalu.

Hobinya adalah membaca dan bersepeda. Ini merupakan kali kedua dirinya mengikuti event menulis puisi. Sebelumnya Ia telah menulis buku antologi bersama para penulis Literalova dengan judul "Harmoni Kemerdekaan"

FIRASAT

Siti Nuraisyah

"Kamu berangkat kerja jam berapa, Ris?" tanya ibuku dengan penuh semangat.

Dia sudah selesai mandi dan mengenakan baju yang sering ia pakai saat bepergian, baju kesukaannya. Kaos lengan panjang berwarna merah yang beberapa mutenya sudah lepas, dipadukan dengan sebuah jarik berwarna coklat bermotif bunga-bunga, serta hijab instan berwarna putih tulang. Meskipun mungkin tidak terlalu matching, tapi itulah baju kesukaan beliau.

"Risa masuk jam 1 siang, Bu. Jadi, berangkat dari rumah jam 12," jawabku agak dengan semangat yang setengah hati, karena aku tahu Ibu pasti akan meminta aku mengantarnya ke suatu tempat.

"Antarkan ibu ke rumah sakit, ya. Bu Rumi dirawat karena stroke ringan," sahut Ibu dengan tatapan penuh harapan. Ia tahu betul bahwa aku mungkin akan menolak mengantarnya jika waktunya sudah mendekati.

Kulihat dia sudah memakai bedak v*va sachet seribuan yang kemarin ia beli di warung sebelah. Ya, ia sudah bersiap.

"Jangan lama-lama ya, Bu. Aku harus berangkat jam dua belas, lho. Seniorku agak bawel kalau aku terlambat datang saat pergantian shift," kataku dengan bibir sedikit mencebik.

Aku mendongak, melihat jam dinding yang tergantung di atas pintu, kemudian aku mendengus pelan.

"Sudah hampir jam sepuluh, Bu. Hanya sebentar, ya. Nanti aku terlambat." Aku mengulangi ucapanku dengan sedikit keluh kesah, sambil meraih handuk yang tergantung di pintu kamar, lalu aku berjalan ke kamar mandi dengan malas.

"Iya, iya, sebentar saja, kok. Sudah, sana mandi, hehehe ... Bawel amat." Dia terkekeh sambil merapikan gula dan roti yang sudah ia persiapkan di depan televisi.

Aku sempat menoleh sebentar sebelum akhirnya menutup pintu kamar mandi. Aku mandi dengan cepat. Selama berada di kamar mandi, otakku terus menghitung berapa banyak waktu yang dibutuhkan untuk pergi ke rumah sakit, termasuk waktu pulang pergi. Aku juga mencoba memperkirakan berapa lama Ibu perlu berbicara dan berinteraksi dengan sahabatnya yang sedang dirawat.

"Ah ... pasti waktu yang kurang," keluhku sambil mengeringkan tubuh dengan handuk.

Aku segera bersiap, memakai seragam kerja, karena aku akan langsung berangkat setelah menyelesaikan urusan Ibu.

Aku juga tak lupa untuk membuka aplikasi pesan dan mengirimkan pesan kepada atasanku. Aku meminta izin untuk datang terlambat dengan alasan urusan keluarga. Mungkin akan ada teguran, tetapi itu tak masalah, aku sudah sering menghadapi situasi seperti ini karena Ibu mengandalkanku untuk tugas-tugas antar-jemput.

"Ayo, kita harus berangkat," kataku dengan sedikit berteriak.

Ini bukan karena kurang sopan, tetapi pendengaran Ibu memang ada masalah, sehingga kami harus sedikit meningkatkan volume suara saat berbicara dengannya. Itu juga sebabnya Ibu selalu memintaku untuk menemani dalam urusan pergi jauh, karena dia khawatir akan salah dengar saat berbicara dengan orang lain di luar rumah.

Aku memacu motor dengan cepat untuk segera sampai ke rumah sakit. Sesampai di sana, Ibu langsung menuju ke kamar sahabatnya yang sedang dirawat. Mereka bercerita, bercengkerama, dan bersenda gurau, sedangkan aku hanya duduk di sebelah Ibu dengan wajah cemberut. Beberapa kali aku mencoba membujuknya untuk pulang, tetapi Ibu selalu berkata, "Sebentar saja."

Hingga tepat pukul 12.00, akhirnya Ibu mengajakku untuk pulang. Aku sudah kesal dan bibirku terus menggumam. Kami berpamitan dan aku segera memacu motor dengan cepat.

Aku berpikir kami akan segera kembali ke rumah dan aku bisa langsung berangkat kerja.

"Ris, bisa mampir ke pasar sebentar, ya. Ibu butuh membeli karpet gulung," kata Ibu dari belakang.

Aku mendengus, memeriksa lewat kaca spion, Ibu tertawa keras, berusaha mencairkan suasana agar aku tidak marah.

"Sebentar saja ya, Bu. Sekarang sudah jam 12. Aku pasti dimarahi oleh bos jika terlambat lagi," keluhku dengan wajah cemberut.

"Iya, iya. Kamu tunggu saja di tempat parkir. Ibu akan masuk ke pasar sendiri. Nanti Ibu juga akan membeli terasi udang, Ris," ucapnya dengan gembira.

"Lho? Kenapa tiba-tiba juga ingin membeli terasi udang? Ibu, tambah lama nih." Aku terus bersungut-sungut.

"Ah, sebentar saja, kok. Tungguin ya, hehehe..." Dia menyembulkan pipi, mencoba membuatku tersenyum.

"Risa akan menunggu di luar, Bu. Risa tidak ingin masuk."

"Heemmm," sahut Ibu.

Aku memarkirkan motor di depan pasar dan memutuskan untuk tetap duduk di atas motor sambil bermain dengan handphone, menunggu Ibu yang telah masuk ke dalam pasar.

Dari tempat parkir, kusaksikan punggungnya yang semakin menjauh, dan langkahnya yang sesekali tersendat. Langkahnya terganggu oleh asam urat yang tinggi dan kolesterol, disertai rasa pegal dan nyeri.

Seketika, hatiku luluh. Terdapat rasa tak terungkap yang merasuk dalam dadaku. Aku tersadar betapa wanita yang telah melahirkan dan membesarkanku kini telah menua.

Aku membiarkan motorku di tempat parkir dan berlari mendekati Ibu. Entah kenapa, dadaku terasa sesak.

Aku mendekatinya di toko karpet langganannya. Ternyata, dia tidak berada di sana. Segera aku berbelok ke kedai penjual ikan dan terasi. Di sana aku menemukan Ibu, menunggu penjual yang menimbang terasi.

Ibu tersenyum dengan bahagia ketika aku mendekat. Bibirnya terukir dalam senyuman yang indah.

"Hehehehe, tadinya kamu bilang tidak akan ikut masuk," dia bercanda dengan senyum gemas.

"Kasihan, Ibu. Terpikirkan dan khawatir, takut Ibu hilang," aku mengeluh. Tiba-tiba mataku sudah berembun dan berkaca-kaca.

"Idih ... Ibu tidak akan pernah hilang, sayang. Hehehehe. Maaf, kamu jadi terlambat ke kantor gara-gara Ibu," katanya.

"Tidak apa-apa, pekerjaan tidak masalah. Semuanya akan baik-baik saja." Aku meyakinkan dia.

Dia terkekeh, dan aku menggandeng bahunya saat kami berjalan menuju penjual karpet lipat. Ibu membeli dua karpet lipat berukuran sedang.

"Untuk apa ini, Bu? Mengapa beli karpet? Di rumah sudah banyak karpet dan tikar, kan?" tanyaku heran, sambil memegang dua karpet itu dengan tangan kiriku dan menggandeng bahu Ibu dengan tangan kananku.

"Ini untuk tamu yang datang berkunjung, juga untuk alas jika keponakanmu berkumpul," katanya.

"Apakah Ibu mau membelikan es dawet sagu sebagai bekal untuk bekerja?" ucapnya.

"Tidak, Bu. Sudahlah, mari pulang," kataku sambil berjalan menuju tempat parkir.

Tiga hari berikutnya.

Ibu terjatuh di depan rumah dan masuk ke dalam got yang baru saja dibangun. Ia mengalami pendarahan dalam otak akibat pecah saraf otaknya. Ibu menjalani operasi dan kami menginap di rumah sakit selama 16 hari.

Kata-kata Ibu terbukti benar. Dua karpet yang dia beli memang bermanfaat sesuai dengan alasan Ibu saat membelinya. Kami menggunakan karpet lipat itu untuk alas ketika banyak tamu yang datang ke rumah sakit dan ketika keponakan dan kerabat datang menjenguk. Bahkan setelah Ibu pulang ke rumah, dua karpet itu masih memiliki peran yang sama seperti yang Ibu maksudkan.

Tujuh tahun sudah Ibu terbaring di atas ranjang karena stroke. Kejadian tragis di depan rumah telah membuat Ibu tidak dapat bergerak atau berbicara. Segala upaya pengobatan telah kami lakukan, tetapi keadaan Ibu tidak pernah pulih sepenuhnya.

Kemarin, kami masih menggunakan dua karpet yang Ibu beli ketika ada acara tahlil dan doa 100 hari setelah kepergiannya.

Mama Rey adalah seorang penulis novel dan cerpen kelahiran Malang, lahir pada tanggal 4 Juni 1991, yang memulai perjalanan dalam dunia literasi sejak awal tahun 2022.

Ia telah mengerjakan beberapa novel yang tersedia di berbagai platform online. Novel pertamanya yang berjudul "Selalu Dicap Mandul" telah berhasil dikontrak secara non-eksklusif oleh beberapa platform.

Selain itu, Mama Rey juga sedang aktif dalam menggarap novel eksklusif di platform Fizzo dan KBM. Saat ini, ia juga mulai merambah dunia cerpen, menjadikannya sebagai kegiatan tambahan di sela-sela kesibukannya dalam menulis

KU TAKUT RINDU ITU DATANG

Slamet Widodo

Ketika rasa rindu itu tiba-tiba menerjang
Bagai ombak bergulung-gulung begitu garang
Perasaanku seperti disapu angin kencang
Batinku terhempas ditelan banjir bandang
Aku begitu takut hingga berlipat-lipat
Ingin mengutarakan apakah kau sependapat?
Dengan rasa rinduku yang bergemuruh hebat
Atau harus kembali kusimpan rapat-rapat
Sementara deru kereta terus cepat melaju
Beriring dengan gejolak rindu yang ada di kalbu
Sering kali datang memberontak tak tahu waktu
Sampai terkadang aku tertunduk malu
Aku takut kau tidak ingin menyambut
Kerinduanku yang telah lama berkerut
Jiwaku melemah digerayangi rasa kalut
Mungkinkah dirimu masih menerima rinduku tersebut?
Begitu menggema getar rindu menggelegar
Nyaliku sampai dibuat jatuh terkapar
Sangat takut akan memberimu kabar
Masihkah kau menyimpan rasa sabar?

Purwodadi, 5 November 2023

KU TAK TAKUT MERINDUKANMU

Slamet Widodo

Lama sudah kusemai satu rasa cinta
Sejak matahari selalu menatap kita
Terang berbinar merasuk di jiwa
Aku tak ingin memendam berlama-lama
Apakah salah aku ingin merindu haru
Kepadamu yang selalu menggoda anganku
Beribu puisi telah tercipta untukmu
Berpuluh kalimat rindu terpendam di kalbu
Tak ada rasa takut untuk memaparkan
Getaran rasa rindu yang terus menelan
Kesendirianmu membuat aku tertekan
Ingin segera aku mengikat satu pengharapan
Menggelar asa di hamparan langit biru
Memupuk kegembiraan dengan canda rayu
Menasbihkan hati dalam indahnya rahayu
Kita akan melantunkan tembang bersatu
Biarkan buritan angin hinaan menampar
Lenyapkan perasaan takut yang menghampar
Geliat rasa suka yang semakin mengakar
Aku ingin di sampingmu sebagai pagar

Purwodadi, 5 November 2023

Slamet Widodo lahir di Grobogan pada tanggal 7 September 1967. Dia senang menulis cerpen dan puisi yang nantinya diterbitkan menjadi bagian dari buku antologi.

Ia juga ingin menambah teman literasi dari seluruh penjuru negeri. Anda bisa menghubunginya melalui nomor HP 089501780707.

DURI DI TANGAN SAHABATKU

Serena L

Memiliki sahabat bagi orang lain adalah sebuah kebahagiaan, tetapi itu tidak berlaku bagiku. Bagiku, sahabat hanya akan mengingatkanku tentang pengkhianatan.

Aku memiliki sahabat bernama Nurma. Kami sangat dekat sejak duduk di bangku SD. Kami selalu pergi bersama ke mana-mana, menghabiskan banyak waktu bersama, bahkan bersekolah di tempat yang sama hingga di bangku SMA.

Karena tak ingin terpisah, kami selalu pergi bersama ke mana pun, seperti pepatah yang mengatakan ada gula ada semut, ada Yuni pasti ada Nurma. Ketika masuk ke bangku SMA, aku tidak pernah menduga bahwa aku akan segera memiliki kekasih yang sangat kucintai.

Guntur, sosok yang benar-benar seperti yang pernah kuimpikan. Seorang laki-laki tampan dan baik. Dia selalu menjagaku dan menemaniku ke mana-mana, penuh pengertian terhadapku meskipun kadang sikapku terkadang manja. Segera, aku, Nurma, dan Guntur sering menghabiskan waktu bersama, bercanda dan bertukar pikiran.

Namun sayangnya, keluargaku tidak menyukai kedekatanku dengan Guntur. Mereka menganggap aku masih anak kecil dan belum pantas untuk berhubungan dengan laki-laki dewasa yang memiliki reputasi kurang baik di desaku.

Karena sangat sayang pada sahabatku, aku hampir selalu mengajak Nurma ke mana pun kami pergi. Aku pikir rasanya tidak adil meninggalkannya dan membiarkannya kesepian. Bahkan tak jarang aku bertemu dengan Guntur diam-diam di rumah Nurma. Ternyata, aku salah. Tindakanku justru menjadi bumerang bagiku sendiri, karena di sinilah awal mula kekecewaanku.

Setahun hubungan kami berjalan dengan sangat manis dan romantis, namun saat memasuki tahun kedua, mendadak Guntur menjadi dingin terhadapku. Sikapnya berubah setelah aku memutuskan untuk merantau ke Pulau Batam setelah lulus SMA. Kami jarang keluar dan bercanda seperti dulu lagi. Aku bahkan lebih sering menghabiskan waktu sendiri. Aku sempat menceritakan hal ini pada Nurma, tetapi ia terus menghiburku dan membesarkan hatiku.

"Sudahlah, Yun. Mungkin dia sedang sibuk. Dia sedang mengurusi pekerjaannya yang baru, kamu juga tahu itu. Jadi, seharusnya kamu bisa mengerti, kan?" ungkap Nurma kepada saya saat itu.

Aku juga merasa semakin jarang bertemu dengan Nurma. Katanya, ia sibuk belajar untuk menghadapi ujian nasional, dan sayangnya, aku percaya semua ucapannya. Hari ini adalah hari peringatan dua tahun kami berpacaran. Tetapi, makin hari, aku merasa semakin jauh darinya dan seakan-akan aku tak punya pacar. Aku merasa seolah-olah diabaikan, menjadi nomor kedua. Ya, aku tahu bahwa pekerjaan adalah hal serius, tetapi apakah ia terlalu sibuk sampai-sampai melupakan hari jadian kita? Suasana yang dingin seperti ini telah berlangsung hampir setengah tahun, sampai akhirnya aku harus berangkat ke Pulau Batam untuk mencari nasib.

Nurma yang dulu sangat antusias mengajakku merantau ke sana kini memilih mencari pekerjaan di kota kecil ini, dan aku tidak bisa memaksa dia. Aku menyimpan kekecewaanku dalam hati. Masih jelas dalam ingatanku, Nurma dan Guntur mengantarkan aku ke Bandara saat aku berangkat. Guntur melepaskan aku dengan senyum manis, dan Nurma memelukku erat sambil menangis, berjanji akan menjaga Guntur untukku sampai aku pulang. Aku merasa tenang.

Delapan bulan berlalu, aku mulai beradaptasi dengan situasi di Batam. Aku berjuang keras untuk membuktikan kepada keluargaku bahwa aku bisa sukses dan hidup bahagia bersama Guntur. Namun, takdir berkata lain. Pagi ini, aku terkejut melihat status di WA dari kakak kandungku.

"Alhamdulillah, ternyata ini adalah jalan yang sudah Allah tunjukkan kepada keluargaku. Untukmu, saudaraku, semoga kamu bisa tabah menerimanya. Jadikanlah musibah yang menimpa adikmu sebagai pembelajaran, agar kita sebagai kakak selalu menjaga adik-adik kita dari dampak negatif pergaulan bebas."

Aku merasa bingung dan tidak nyaman dengan status Mas Anto ini. Aku tidak bisa tinggal diam, jadi aku segera menelepon Mas Anto untuk meminta penjelasan.

"Halo Mas, siapa yang kamu maksud di statusmu itu?"

"Ya Allah, Dek, kalau mau telepon, biasakan mengucapkan salam terlebih dahulu baru tanya, jangan langsung menyelonong aja, kamu ini Dek." Mas Anto menjawab dengan nada sedikit marah.

"Iya Mas, maaf ya. Aku bingung, kenapa pagi ini postinganmu membuatku penasaran."

"Ya begitulah hidup, Dek. Jaga dirimu baik-baik di perantauan sana, dan jaga pergaulanmu. Jangan membuat malu keluarga. Mas harap kamu tidak kaget atau kecewa dengan apa yang akan Mas sampaikan." Mas Anto akhirnya memberi kabar yang membuatku terkejut.

"Apa itu, Mas?"

Mas Anto memberi kabar yang mengguncang hatiku, "Nurma, sahabatmu, sedang hamil, Dek."

"Ya Allah, astaga, kasihan dia. Mengapa bisa terjadi seperti ini? Bukankah dia sudah berjanji untuk bekerja dengan rajin, membantu ekonomi keluarganya?"

"Kehidupannya sudah ditentukan takdir, Dek. Ini baru diketahui dua hari ini, sekarang dia tidak pernah keluar rumah. Keluarganya merasa kasihan, terutama Eri kakaknya, yang merasa lebih terpukul."

Hatiku penuh kemarahan. Aku merasa marah. Siapa laki-laki yang merusak sahabatku seperti ini, sahabat yang sangat kusayangi sejak kecil. Ya Allah, aku khawatir tentang keadaan Nurma saat ini. Aku hanya berharap dia baik-baik saja di sana, dan andai aku ada di sana, aku pasti akan berada di sisinya untuk memberinya dukungan.

"Aku tidak percaya, siapa yang menghamili Nurma, Mas?"

"Siapa laki-laki biadab itu?"

"Guntur, Dek. Itu Guntur, kekasihmu yang telah menghamilinya."

Aku tidak bisa percaya apa yang aku dengar. Apakah aku salah dengar? Tidak mungkin sahabatku dan kekasihku sendiri berkhianat di belakangku sampai hal seperti ini terjadi. Kepalaku mulai sakit, pandanganku kabur, dan akhirnya semuanya menjadi gelap.

Guntur dan Nurma berusaha menghubungiku, baik lewat telepon, mengirim surat, hingga meninggalkan pesan di akun media sosialku. Aku terdiam dan tidak menjawab mereka. Aku tidak mau lagi mengenal mereka berdua, manusia yang berlumuran dosa dan penuh kemunafikan.

Berjuta permintaan maaf, alasan, dan pembenaran mereka diutarakan dengan pandai, tetapi sayangnya, aku lebih percaya kepada apa yang kulihat secara langsung. Kehamilan Nurma adalah bukti yang tak bisa mereka sanggah.

Bagiku, pengorbanan yang sudah aku lakukan sudah cukup. Saat ini, aku yang terluka, dan aku belum bisa bersikap seperti dulu terhadap mereka. Rasanya aku tak sanggup lagi melihat mereka berdua, meskipun hanya sebagai bayangan.

Aku memang memaafkannya, tetapi aku tidak ingin lagi bersahabat dengan mereka.

Yogyakarta, 07 November 2023

Serena L adalah nama pena seorang penulis dari Kota Pelajar, Jogjakarta. Hobinya adalah membaca dan menulis, dan sudah ia gemari sejak kecil. Bagi Serena, menulis adalah cara baginya untuk berbagi pikiran, ide, dan cerita kepada dunia.

Dengan pena sebagai senjatanya, ia memiliki kekuatan untuk menginspirasi, menghibur, dan mengubah pandangan orang lain. Jangan pernah meremehkan kekuatan kata-kata. Mulailah menulis hari ini, dan siapkan dunia untuk mendengar suaramu yang unik!

AKU DAN CERITA MASA KECILKU

Nun Lilisula

Aku adalah anak pertama dari tujuh bersaudara. Sebelum adik-adikku lahir, aku termasuk orang yang paling bahagia. Ini bukan berarti aku tidak bahagia ketika adik-adikku lahir. Saat itu, sering kali papa mengajakku jalan. Kita pergi ke kebun cengkeh yang jalannya mendaki ke bukit tertinggi, ke sungai, ke pantai, bahkan ke kota untuk bersilaturahmi dengan rekan-rekan pemain bola beliau pada masanya.

Suatu ketika, Papa hendak membawaku ke rumah temannya yang berada di dalam kota. Sebelum berangkat, mama memberi pesan sambil membedaki wajahku dengan bedak Okana, yang merupakan bedak khas pada zamannya.

"Ade, nanti kalau sampai di rumah teman papa, jangan mengucapkan salam ya," ucap papa mengingatkan.

"Mengapa tidak boleh mengucapkan salam? Kan mama yang bilang kalau ketemu orang, jangan lupa ucapkan salam," balasku dengan nada heran.

"Iya, betul sekali. Mama pernah bilang begitu, tapi ucapan itu hanya diucapkan untuk mereka yang beragama sama dengan kita, yaitu agama Islam. Karena teman Papa beragama lain, yaitu Kristen, cukup ucapkan selamat pagi, selamat siang, atau selamat sore," Mama menjelaskan sambil tersenyum.

Mama selalu menjawab dengan hati-hati, karena aku adalah anak yang kritis.

"Berarti aku harus mengucapkan selamat pagi, Om dan Tante, karena aku dan papa berangkatnya pagi, ya, Ma?" Kujelaskan dengan saksama.

Kemudian Mama mengangkat jempolnya sebagai tanda persetujuan atas penjelasanku. Aku yang seumuran anak TK

(Taman Kanak-kanak) sangat ceriwis menurut orang-orang yang dekat denganku saat itu. Apa pun pasti akan di tanyakan dan harus mendapat jawaban yang sesuai dengan yang kuharapkan.

Indahnya masa kecilku. Setelah memiliki beberapa adik, mama dan papa sering mengajak kami ke kebun kakek dan nenek yang terletak di antara hilir sungai dan laut. Kami menyebut tempat itu sebagai tanjung. Di sana, kami biasa membakar singkong, memakan ikan hasil tangkapan kakek, bermain dengan mainan dari kerang, bercanda riang, dan melakukan berbagai aktivitas lainnya. Papa juga sering membantu mama dengan pekerjaannya.

Selain itu, aku juga diajak ke kebun cengkeh milik papa yang berada di puncak gunung yang bisa dibilang cukup terjal. Namun, itulah tantangan yang selalu kuambil. Saya menyukai tantangan fisik, meskipun berat, seperti mendaki gunung, memanjat pohon manggis, langsat, dan memetik buahnya hingga berkarung-karung penuh. Meski begitu, itu adalah salah satu kenangan terindah menurutku, pada masa itu. Pengalaman tak terlupakan juga terkait dengan sepak bola. Untuk ini, jangan ditanyakan lebih lanjut, karena saya sering diajak oleh Papa saat ia berlatih di lapangan di dekat rumah kami.

Suatu hari di rumah kami, aku mengeluh.

"Mama, aku ini sudah besar dan sudah punya adik. Masa aku dipanggil Ade terus? Kalau adikku besar nanti, aku juga akan dipanggil adik? Aku sudah menjadi seorang kakak, kan," keluhku dengan nada memelas.

"Oh iya, ya, Mama lupa. Benar juga, Ade sudah besar sekarang. Jadi, mulai sekarang, kita akan memanggilmu Kakak saja biar lebih tepat," jawab mama.

Mama kemudian melanjutkan pembicaraannya, "Oh, bagaimana kalau kita panggilnya Chi? Chi artinya Kakak perempuan."

Panggilan ini berasal dari daerah Maluku Utara, tepatnya Ternate dan Tidore. Kebetulan waktu itu papa baru saja datang dari daerah tersebut karena urusan sepak bola.

Bahagia di masa kecil tidak berarti tidak pernah mendapat sanksi atau hukuman ketika berbuat salah. Itulah cara Mama berpola. Setiap kali aku berbuat salah, Mama memberikan cubitan penuh cinta dan gigitan sayang di pahaku. Kadang-kadang, aku juga dihukum dengan rotan. Hasilnya, aku menjadi seperti yang sekarang. Sebenarnya, aku sangat bersyukur karena dulu pernah dipaksa untuk mengaji oleh orang tuaku, termasuk kakekku.

Ketika usiaku delapan sampai sembilan tahun, Mama sudah mulai mengajariku cara mencuci piring dan pakaian dengan menjelaskan secara lengkap meskipun aku sebelumnya sudah melihat dan menemani beliau setiap kali beliau mencuci. Penjelasan beliau begitu terperinci, menguraikan satu per satu langkah mencuci hingga pakaian benar-benar bersih.

"Chi, saat mencuci pakaian, rendam dulu sebentar agar kotoran yang menempel hilang, meskipun belum semuanya. Kemudian buang airnya, rendam dengan air sabun, dan sikat bagian kerah, ketiak, lengan baju bagian dalam. Lalu, sikat bagian depan dan belakangnya. Setelah itu, bilas beberapa kali dengan air bersih untuk hasil yang bersih sempurna. Ketika menjemur, balik pakaian basah tersebut agar bagian luar tidak kena matahari langsung. Dengan begitu, pakaian tersebut tidak mudah rusak. Tentu saja, akan menjadi awet," begitulah penjelasan Mama tentang cara mencuci pakaian.

Beliau kembali melanjutkan penjelasan saat mencuci piring, "Di antara alat masak dan makan, sebisa mungkin kita harus mencuci gelas terlebih dahulu, karena gelas tidak terkontaminasi dengan bau amis, berbeda dengan piring, sendok, dan lain-lain."

Penjelasan Mama selalu jelas dan detail, memudahkan aku untuk memahami setiap langkahnya. Selain itu, Mama mengajarkan nilai-nilai seperti kasih sayang dan kesabaran, yang mungkin tidak semua orang tua ajarkan kepada anak-anaknya. Mama juga menekankan untuk selalu menjaga hati, berniat baik karena mengharap rida Allah Swt. Ketika melakukan apa saja, tentunya dalam hal kebaikan dan larangan melanggar perintah-Nya.

Bukan hanya Mama dan Papa, tetapi juga Kakek dan Nenekku yang sering membawa aku ke hutan, tepatnya di kebun durian yang terletak di pinggiran sungai. Setiap tiba waktu salat, kami ke sungai untuk mandi dan menunaikan salat. Biasanya kami salat zuhur dan asar sebelum pulang ke rumah. Meskipun saat itu aku masih kecil dan belum bisa membaca bacaan salat dengan baik, aku selalu mengikuti gerakan salat. Terkadang, aku menginap di rumah kebun Nenek dan Kakek. Hal yang aku sukai dari Mama, Papa, Nenek, dan Kakekku adalah aku tidak pernah mendengar kata cacian atau makian dari lisan mereka.

Aku sangat bersyukur atas semua pengajaran dan kebaikan ini. Terima kasih kepada Mama, Papa, Nenek, dan Kakekku yang telah memberikan teladan yang baik. Dari mereka aku paham tentang salat tahajud, zikir, dan kebaikan lainnya. Semoga orang tuaku dan orang tua kita semua selalu dalam lindungan dan kasih sayang Allah Swt, diridai di dunia dan diberikan tempat terbaik di akhirat, Aamiin. Terima kasih Mama, Papa, Nenek dan Kakekku sayang. Barakallahu fikum.

Jakarta, 07 November 2023

Namanya Nun Lilisula, akrab dipanggil Chi Nun. Ia lahir dan dibesarkan di salah satu desa di Maluku, tepatnya di Desa Mamala, Kecamatan Leihitu, Kabupaten Maluku Tengah.

Nun Lilisula berasal dari Sekolah Dasar Negeri 01, yang sekarang berubah menjadi SDN 205. Selanjutnya, ia melanjutkan pendidikannya di SMP-SMA Muhammadiyah Mamala dan kuliah di Akademi Kesehatan Lingkungan.

Setelah menikah, Nun Lilisula kembali melanjutkan kuliah di Lembaga Pendidikan Kesehatan ThibbunNabawi dan akhirnya menyelesaikan studinya di STAI-PTDII (Sekolah Tinggi Agama Islam-Perguruan Tinggi Dakwah Islam Indonesia) jurusan Pendidikan Agama Islam.

Sebagai seorang penulis yang telah menghasilkan beberapa judul buku, termasuk Antologi Cerpen, Puisi, Quotes, dan Buku Solo, serta Cerita Anak. Nun Lilisula dapat dihubungi melalui nomor telepon 081271295738 atau melalui akun Facebook-nya, Nun Lilisula.

www.ingramcontent.com/pod-product-compliance
Lightning Source LLC
LaVergne TN
LVHW060137051026
849517LV00007B/2503
* 9 7 9 8 2 2 4 2 0 4 8 1 6 *